İLKER C

AŞKA ÇEYREK KALA

DESTEK
yayınları

DESTEK YAYINLARI: 713

EDEBİYAT: 188

İLKER ÖZMESTÇİ / AŞKA ÇEYREK KALA

İmtiyaz Sahibi: Yelda Cumalıoğlu
Genel Yayın Yönetmeni: Ertürk Akşun
Yayın Koordinatörü: Özlem Esmergül
Editör: İlkin Çiğdem Özel
Son Okuma: Devrim Yalkut
Kapak Tasarım: İlknur Muştu
Sayfa Düzeni: Cansu Poroy
Sosyal Medya-Grafik: Tuğçe Budak - Ali Türkmen

Destek Yayınları: Eylül 2016
Yayıncı Sertifika No. 13226

ISBN 978-605-311-160-3

Abdi İpekçi Caddesi No. 31/5 Nişantaşı/İstanbul
Tel.: (0) 212 252 22 42
Fax: (0) 212 252 22 43
www.destekyayinlari.com
info@destekyayinlari.com
facebook.com/DestekYayinevi
twitter.com/destekyayinlari
instagram.com/destekyayinlari

İnkılâp Kitabevi Baskı Tesisleri
Matbaa Sertifika No. 10614
Çobançeşme Mah. Altay Sok. No. 8
Yenibosna – Bahçelievler / İstanbul
Tel.: (0) 212 496 11 11

İLKER ÖZMESTÇİ

AŞKA ÇEYREK KALA

İSTANBUL ERKEĞİ ÂŞIK OLDUĞUNDA!

DESTEK
yayınları

"Öyle biri olacak ki hayatında
onu birine anlatırken ona tekrar âşık olacaksın..."

-1-

Kokular ne garip, nasıl oynaşıyorlar bizimle bazen. Bir hatırayı ansızın, hiç beklemediğimiz bir anda nasıl uyandırabiliyorlar. Peki ya uyanan hatıralar, onlar da ufak bir dürtmeyle nasıl bugünmüş hatta şimdiymiş gibi kaçak film gösterebiliyorlar zihnimizde.

İşte sokak çiçekçisinin önünden geçtiğimde kendimi, zihnimin yarattığı o sinemada buldum. Oyuncu kadrosu sadece ben ve o. Koskoca sinemada tek başımaydım, yalnızdım aynı kalbim gibi.

Arsız bir nergis kokusu allak bullak etti tüm düşüncelerimi, benliğimi. Oradan, o kokudan, anılardan, kalbimin hızlı atmasından, nefesimin kesilmesinden kaçmak istedim. Zamansız ölümlere mahkûm ettiğimiz kimi anılar işte böyle hortluyor bazen. Zamansız duygu cinayetlerimiz, ilişki katliamlarımız, vadesi dolmadan ölen aşklarımız bağırıyor bize "Sen katilsin!" diye. Bunu kimi zaman kokularla canlandırdıkları anılarla sinsice zevk alarak yapabiliyorlar. Sonra da yüzleşmekten kaçtıklarımız, içimizin ta dibine gömmek istediğimiz tüm duyguları sertçe vurmaya devam ediyor "Sen hak ettin bunu!" diyerek...

İşte Nişantaşı'ndaki seyyar çiçekçinin önünden geçerken nergis; kokusuyla böyle bağırdı bana; "Aşk katilisin sen!" diyerek.

Adımlarımı hızlandırdım hatta aceleyle bir sigara yakmaya çalıştım. Çakmağımı çaktım, bir nefes çekip kokuyu bastırmak için. Olmadı, attım sigarayı elimden. Hiç yapmadığım bir şey yaptım, ne yaptığımın farkında bile olmadan. O masum nergis kokusu beni hipnotize etmiş gibiydi. Döndüm ve bir demet nergis aldım aceleyle.

En son ne zaman çiçek almıştım? Kime almıştım? En garibi, bu buketi kime aldım ki ben? Bu çiçekleri verecek hem hiç kimsem hem de çok kimsem vardı hayatımda...

Kalabalıklar içinde yalnızlık işte böyle bir şey. Yalnızlık içinde kalabalık olmak veya... Hayır! Bir dakika durun, bu bir ayrılık öyküsü değil, bir pişmanlık ağıtı da değil. Beni anlamaya başlamadınız henüz. Acele etmeyin... Yoksa ben mi hızlı anlatmaya başladım? Tamam, haklısınız suç bende. Sabırsızım çoğu zaman. En iyisi biz biraz başa dönelim... O güne. O beni sarsan, her bildiğimi aslında bilmediğimi anladığım güne. Tesadüflerin tesadüf olmadığını fark ettiğim güne...

-2-

Birkaç ay öncesine gidelim. Onu ilk gördüğüm güne...

Kendime küfrederek Atatürk Havalimanı'na doğru yoldayım. Yine son dakikada yetişebileceğim uçuşuma. *Umarım.* Bir günde iki uçuşu kaçırarak kendi rekorumu egale etmek istemiyorum. *En azından bugün.*

Ne gerek vardı tüm gece sokaklarda sürtmeye. O son dubleyi içmeyecek, adını bile doğru dürüst hatırlamadığım o kızı eve getirmeyecektim. O kafayla alarmı kurmayı da unuttuğum için sabahki uçuşumu kaçırdım, bir sonraki uçağa yetişmeye çalışıyorum. Ama yine geç kaldım. Zaten kız eve girer girmez sızdı. Boş iş yani. Gerçi bu kızı eve getirmemin tek iyi yanı onun havaalanına yakın bir yerde oturması ve beni oraya bırakıyor olmasıydı.

Yol boyunca neredeyse hiç konuşmadık. Ayrılırken dudağından mı yoksa yanağından mı öpeceğime karar veremedim. "Çok teşekkür ederim Didemciğim. Dönünce mutlaka görüşelim. Akşam çok güzeldi, tekrarlayalım" diyerek geçiştirdim ve öpmeden indim arabadan. Arkamdan seslendi:

"Benim adım Deniz. Ayrıca telefon numaramı bile almadın!"

Hiç duymamış gibi yapıp adımlarımı hızlandırdım. Bu tarz gecelik ilişkilerin en kötü yanı sabah hissettiğin pişmanlık. Bu aralar çok yaşıyorum bu gereksiz ilişkileri ve ne gerek vardıları...

Pasaport kontrolüne doğru ilerlerken, işte tam o esnada gördüm onu. Tam karşımdan hızlı adımlarla geliyordu. Kalabalıklar yok oldu, tek o kaldı sanki. Tüm uğultu kesildi, sadece topuklularının sesi yankılandı kulaklarımda. Tüm insanlar gri, bir tek o renkli kaldı. *Sende mi geç kaldın?* Koşturmasında bile bir estetik vardı. Adımlarım yavaşladı fakat kalbim hızlandı. Gözlerimi diktim ona istemsizce. Bakışlarını tam yanımdan geçerken bana çevirdi. Göz göze geldik. İçime bir yumru oturdu sanki. *Bu duygu karşımdaki de bir şey hissettiğinde olur genellikle. Belki de ben öyle olduğuna kendimi inandırırım.* Kalp atışlarımın hızlandığını hissettim. Vücudum kesin adrenalin salgılıyor yine. Aniden beliren bir his vardır ya hani ağzınız kurur, avuçlarınız terler, yüzünüz kızarır, gözbebekleriniz büyür, nefes alıp verişiniz değişir, işte tam öyle; sanki bungee jumping yapmak üzereymişim gibi. Gözlerimizin kenetlendiği o birkaç saniye dakikalar gibi geldi. Anlar dondu, sesler sustu. Ve yanımdan geçti, yarattığı ufacık rüzgâr belli belirsiz ama bariz parfüm kokusunu savurdu burnuma. Tüm diğer kokular uçtu, o koku kaldı burnumda. *Çok güzel kokuyorsun.*

Yanımdan geçti ve ben bungee jumping'den atladım sanki, hayat normale döndü. Ben normale döndüm, duyularım dünden hazır zaten. Sesler, kalabalık ve kokular tekrar birbirine karıştı. Beni saran adrenalin geldiği gibi kayboldu. *Biraz daha kalsaydın…*

Yine anlık âşık oluşlarımdan birini mi yaşadım? Aklıma arkadaşlarıma espriyle karışık söylediğim klasik repliğim geldi:

"Yine âşık oldum ben abi..."

Hayır, şıpsevdi falan değilim ben, hemen yargılamayın. Evet, o heyecanı ve adrenalini seviyorum orası da ayrı ama âşık falan olduğum yok ikide bir, aşırı hayranlık diyebilirsiniz.

Uçağa bindiğimde New York'lu sevgilime mesaj attım:

Bu sefer başardım. Uçaktayım. Seni görmeme, dokunmama, öpmeme bir gün kaldı:)

Sabah attığım *Uçağımı kaçırdım:(Ama merak etme saat 13.00 uçağından yer buldum. Seni çok özledim:)* mesajımı da okumamış henüz. Saat farkı onu boş yere telaşlandırmamı engellemiş yani. New York'lu sevgilimle birkaç ayda bir genellikle Avrupa'nın bir şehrinde buluşuyoruz. Aslında, sevgili lafı ne kadar doğru bilmiyorum. İki uzak şehirde birbirimizin özel hayatına karışmadan yaşayıp, arada bir buluşup, yiyip içip, tavşanlar gibi sevişiyoruz. Bu seferki kaçamağımız da Paris. Onun uçağı ertesi sabah Paris'e inecek ve ben her zaman yaptığım gibi bir gün öncesinden gidiyorum. Yalnız seyahat etmeyi, yabancı bir şehirde tek başıma takılmayı oldum olası çok sevmişimdir. Şehre ve halkına daha çabuk kaynaştığımı hissederim. Özgürlük ve yalnızlık duygusu da cilası.

Uçağımı akşamdan kalma olduğum için kaçırmasaydım şu an Paris'teydim ve Café de Flore'de kurulmuş, akşamüstünün keyfini çıkarmaya başlamıştım çoktan. Günün en güzel saatlerini uçakta geçirmek zorundayım şimdi. *Ne gerek vardı tüm gece sürtmeye?*

Yan koltuğum boş henüz. Yalnız uçuşlarımda oynadığım "Kim yanıma otursun, kim oturmasın" adlı oyunuma başladım. Uçağa binen insanlara bakarak "Yok, bu oturmasın kesin çok konuşuyordur. Bu da çok şişman beni sıkıştırır. Lütfen bu oturmasın ter kokuyordur. Bu havada niye kat kat giyinir ki insan?" gibi saçma tespitler yapmaya başladım. Bebekli kadını gördüm ve tam "Eyvah!" derken onu fark ettim.

İçeri girmesiyle kabin aydınlandı sanki. Sesler azaldı, uçak kokusu belirsizleşti. Evet, doğru tahmin ettiniz; havaalanında yanımdan geçen kız. Lütfen yanıma otur. Senin yerin benim yanım... Bu koltuk senin... Lütfen... Uçak melekleri çağrımı duyun. Söz, ilk gördüğüm dilenciye sağlam bir sadaka vereceğim. Hadi lütfen... Refleksle iPad ve kitabımı yanımdaki koltuktan kaldırdım. *Çok işe yararmış gibi... Koltuğu da silsem mi? Bazen çok salak oluyorsun!*

Koridor kalabalık, yavaş yavaş bana yaklaşıyor, evet evet burası onun yeri. Sanki bana mı baktı gözucuyla? Görmek istediklerimi mi görüyorum? *Belki de şaşıdır...* Evet, tam hizamda, koltuğu burası... Ve geçti. *Hayır gitme...* Üç buçuk saatlik yolculuğa neler sığdıracaktık. Hangi uğursuz yer hostesi verdi koltuk numaranı?

Gözucuyla çaktırmadan bakmaya ve hangi şanslının yanına oturacağını görmeye çalışıyorum. İki sıra arkamda durdu ve el bagajını yukarı koydu. Döndü, benim olduğum tarafa doğru yürümeye başladı ve yanıma oturdu. *İnanamıyorum gerçekten yanıma oturdu.* Check-in yapan yer hostesi senden özür diliyorum ve kocaman öpüyorum. Söz check-in'de hiçbir zaman huysuzluk yapmayacağım. *Hadi bir uçuş diyelim abartmayalım...*

Bana bakmadan kısık bir sesle "Merhaba" dedi. *Sesin de çok güzel senin...* "Havaalanında görmüştüm seni, dünya birkaç saniyeliğine durmuştu. Uçağa bindiğinde yanıma oturman için tüm evreni harekete geçirmeye çalıştım ve sonunda başardım galiba, esas sana merhaba" demeyi aklımdan geçirsem de ağzımdan kuru bir "Merhaba" çıktı sadece... Kokusunu yeniden hissettim. Hafifçe burnumu okşadı, bedenimi sardı. *Gerçekten çok güzel kokuyorsun...*

Konuşmam lazım, bir an önce konu açmam gerek. Neden beni etkilemeyen kızlarla rahat konuşup böyle durumlarda nutkum tutuluyor? Bu becerimi ya da beceriksizliğimi tersine çevirebilsem keşke. Gereksiz muhabbetlerle, bedenlerle zaman geçireceğime keşke doğru olanın peşinden gidebilmeyi başarabilsem. *Hep kolaya mı kaçıyorum yoksa?*

Hadi bir şey söyle, bir konu aç. Saçma sapan replikler geçiyor beynimden... "Sizde mi Paris'e gidiyorsunuz?" gibi.

"Yok Budapeşte'ye gidiyorum, yarı yolda atlayacağım paraşütümle!"

Olmuyor, bulamıyorum giriş cümlemi... *Her önüne gelenle konuşmayı, cilveleşmeyi çok iyi biliyorsun ama...*

Biraz daha böyle devam edersem, iPad'ini ya da kitabını çıkaracak... En kötüsü de kulaklığını takıp müzik dinlemeye başlayabilir...

Uçağın kapısını ne çabuk kapattılar, hareket etmeye başladık bile. Yanıma o ter kokan adam oturmuş olsaydı 45 dakika rötar yapardık kesin. Paris'te bekleyen bir sevgilin mi var kaptan bey? Bu acele niye? Daha ben konuşmaya başlayamadım bile...

Zaman niye bazen arsız bir şekilde hızlı geçerken, bazen de uyuşuk bir adam gibi sallana sallana yavaşlar? Zamanın nasıl geçtiğini anlayamadığımız anlar veya vakit bir türlü geçmiyor dediklerimiz nasıl olur da duygumuza göre hemen değişir? Yarattığımız göreceliğin duygularımızla tezatlığının en güzel örneği değil midir bu? Mantığımızın ve hislerimizin karşı karşıya geldiği rekabete en güzel örnek değil mi? Gerçek bir derbi maçı...

Olamaz, çantasına elini attı. Kulaklık çıkarma lütfen. Kitap mı çıkarıyor, evet kitap. İnanamıyorum, hem de *İstanbul Erkeği* kitabını çıkardı. Şaka mı bu?

"Kitap nasıl? Sevdin mi?"

Bir anda ağzımdan döküldü sözler, ben bile şaşırdım nasıl olduğuna. Hayret, *konuşabiliyormuşum ben*. Kitaba bir daha baktı ve bana döndü. *Çok güzelsin...*

"Bu tarz kitaplar okumam aslında ama kız arkadaşım hediye etti. Mutlaka okumam lazımmış falan filan işte..."

"Neymiş ki tarzı?"

"Erkekleri anlama kılavuzu gibi bir şeymiş. Çapkın erkek hikâyeleri, aldatılan kadınlar... İstanbul'daki tipik ilişkiler yani..."

"Sen de aldatıldın galiba?"

Yuh! Az önce konuşamazken şimdi bodoslama girdin muhabbete. Geri sarması da yok ki bunun. *Düşünmeden konuşma... Kaç defa söyledim sana!*

"Alnımda mı yazıyor, onu da nerden çıkardın? Bu arada aldatılmayan kadın kaldı mı artık?"

"Evet, aldatan erkekler var. Aldatılan kadınlar demesek?"

"Ne farkı var ki, erkek aldatınca kadın aldatılmış olmuyor mu?"

Evet, aldatılmış bu kadın. Yüzüne saklamaya çalıştığı bir hüzün çöktü ve onun için hayati ama şu an için gereksiz bu konunun tam içine girdi. Bana doğru çevirdi vücudunu ve tüm ilgisini. *Sende mi aldatılan ve sebebini anlayamayanlardansın?* İlgisini tam on ikiden vurduğum kesin, fakat yanlış yerden.

"Erkek değil mi? Aldatabilir, evet ama, kadın aslında aldatılmıyor. Aldanan, aldatan yani... Karışık oldu değil mi? Aldatan erkek aslında başından beri ya gerçekten o kadına âşık olmamış ya da aşk sandığı şey çoktan bitmiş ve bunun farkında bile değil. Yani aslında kendi aldanmış... Hatta biraz daha ileri gideyim, kadın sahte aşkıyla muhtemelen kendini kandırıp o adama âşık olduğunu sanmış ve adamı da kendine âşık etmiş. Şimdi sen söyle bakalım, kim kimi aldatmış?"

Kafası karışmış gibiydi ama dik duruşunu bozmadı.

"Ne yani, yine mi biz kadınlar suçlu olduk?"

"Dünyamızı döndüren, bir erkeği adam yapan sonuçta sizler değil misiniz?"

"Hayırdır, psikolog falan mısın sen?"

"Doğru gözlemleri sadece psikologlar mı yapar?"

"Ne bileyim işte, çok eminsin ya söylediklerinden..."

"Hayat tecrübesi desek..."

Kafan karıştı değil mi? Hoş geldin dünyama... Yüzünde

yaramaz bir tebessüm belirdi. *Bayıldım bu yaramaz gülüşüne. Öpmek istiyorum seni...*

"Çok aldattım diyorsun yani, pardon çok aldandın, senin tabirinle? Yoksa sende mi aşka inanmayanlardansın?"

"Konu sendin nasıl oldu da bana döndü? Hıncını benden çıkarma."

Köşeye sıkışınca hırçınlaşıyorum galiba... Senin gibi benim de kafam karıştı. Karşılıklı deşiyor muyuz yaralarımızı? Çattım mı sana, çattık mı birbirimize? Bu konudan bir an önce çıkmalıyım.

"Yooo, konu ben de değildim. Kitaptan konuşuyorduk. Neyse..."

Kitabını açtı ve okumaya başladı. *Lütfen okuma, benimle konuş...* Dakika bir, gol bir, trip attı bana NEYSE diyerek. "Neyse" tüm triplerin anası değil midir? Ve üstüne bir de sustu. Yani tribin babasını da yaptı. Tam sıçtım bu defa.

Fazla mı ileri gittim, çok mu özeline girdim? Yarasını deştiğim kesin. Benim yarama da tuz bastı ama. *Alışık değilim buna.* Biraz geri çekilmek, susmak en doğrusu...

Ben de elime aldım kitabımı, nispet yaparcasına. İlgisini çekmeye çalışırken küstahlaştım mı? Susmasına mı kızdım, kendime mi? Yoksa onun beni sorgulatmasına mı? *Of! Kafam karıştı... Çok konuşmak istiyorum seninle, tanımak istiyorum o gizli hüznünü, o yaramaz gülüşünü öpmek istiyorum.* Sadece dudaklarım değil, tüm ruhum istiyor bunu. Ne oluyor bana? Gerek yok ki böyle duygulara. Hep demez miyim kendime ve arkadaşlarıma "Bir alarm kurdum, Aşk'a çeyrek kala çalıyor ve ben uyanıyorum. Kendime geliyor; oradan, ondan ve o duygudan kaçıyorum" diye.

Kurduğum alarm mı çalıyor? Gerçi daha çok var alarmın çalmasına... Ama ön uyarı sistemim çalışmaya başladı sanki.

Sen sustun, beynim daha çok konuşmaya başladı. Sen sustun, sorgulamalarım geveze oldu. Kitabımı okumaya çalışıyorum; gözlerim okuyor, zihnim oralı bile değil. Sayfayı çevirip tekrar geri dönüyorum. Olmuyor... Kokun sanki bir parmak gibi dürtüyor beni. "Yarın sabah New York'lu sevgilim gelecek ve Paris'te dolu dolu dört gün geçireceğim." Buna odaklan, seni ürküten belirsiz ya da çok belirgin duygulardan kaç. En iyi becerdiğin şey bu değil mi zaten? Daha önce de söylediğim gibi bu kız aslında sevgilim falan değil. Çok eğlendiğim, muhteşem seviştiğim ama hiçbir ortak noktamız olmayan, derine inemediğim, sığ sularda takıldığım bir kız. Onunla beraberken, yüzmeyi beceremeyenlerin kıyıya yakın, ayağını kuma değebildiği kadar açıldığı yerdeyim. O boy veriyor, ben de o kadar açılıyorum. Sığ sularda boğulma ihtimalim yok. İyi yüzücü olmama rağmen neden boğulmaktan bu kadar korkuyorum? Aşk ve bağlanmak neden bu kadar ürkütücü? Şu beynimin, içsesimin, sorgulamamın bir kapatma düğmesi yok mu?

Etkilendin bu kadından, kabul et. Peki ya neden? Çok güzel, muhteşem kokuyor, sesi şarkı gibi, kesinlikle çok zeki. Ama çok daha farklı bir şey var. Bu özelliklerin belki de çok fazlasına sahip onlarca kız tanıdım ben. Niye şimdi böyle hissediyorum? İlk görüşte aşk dedikleri ve benim bunlar hep palavra dediklerim mi başıma geldi? Kapatma düğmesini bulmalıyım zihnimin. Yok, yapmamışlar, malzemeden çalmışlar.

Konuşmak istiyorum seninle, durduramıyorum kendimi. Kokunla sesinin karışmasını içime çekmek istiyorum. Ama üstüne gelmeyeceğim, eğer sen de benim gibi hissediyorsan, doğru yerdeyiz. Platoniklik bana göre değil. Aynı sayfada değilsek, ayrı kitaplarda kalabiliriz. Sen benimle konuşana kadar susacağım ben. Yoksa bu da mı bir kaçış yine? Suçu yine karşımdakine atıp, duygularımdan kaçtığımı kapatmaya mı çalışıyorum? Ne yapıyorsam yapıyorum. İlgisini çektiysem, etkilenmişse konuşur, konuşmazsa kendi bilir, henüz ne kaçırdığının farkında değil. *Evet, kaçak dövüşen bir ukalayım ben.*

Okumuş gibi yaptığım kitabımdan bir sayfa daha çevirdiğim sırada o da elindeki kitabı aniden kapattı ve bana döndü.

"Neden böylesiniz? Niye yaşadıklarınızın sorumluluğunu kabul etmeyip hep başkasının üzerine yıkmaya çalışıyorsunuz?"

Konuşmasını bir bu kadar isteyip, bir bu kadar da ani çıkışı beni şok etti.

"Siniz derken?"

Meleğim ya üstüme alınmıyorum.

"Of, neyi kastettiğimi anladın, siz erkekler işte."

"Annelerimiz şımartmış bizi, muhtemelen ondandır" diyerek durumu şirinleştirmeye çalıştım.

"Şimdi de suçu annelerinize mi attın?"

"Ne alakası var? Kimseye suç atmıyorum ben. Bildiğimi sandığım yorumlarımı yapıyorum sadece. Bir erkeğin hayatı bir kadınla başlar ve şekillenir, yani annesiyle. Özellikle o anne Türk annesiyse oğluna kutsal muamelesi yapar ve öyle büyütür. Sen çok özelsin, sen çok farklısın, sen en akıllısın, sen en yakışıklısın gibi... Basar egoyu yani. Böyle büyütülüyoruz biz, pompalanmış egolarla."

"Anneleriniz şımartıyor yani sizi? Böyle olmanızın sebebi bu mu sadece?"

"Annelerimizden sonra da kız arkadaşlarımız, sevgililerimiz devreye giriyor. Karşınıza çıkan adamın tek bir özelliğinin üstüne atlayıp diğer noktalarına bakmıyorsunuz. Aceleci bir ilişki içine atlama derdindesiniz. Adamın zaten balon olan egosunu daha da şişirip şımartıyorsunuz. Sonra da yarattığınız balonu sevmeyip patlatıyorsunuz. Erkek de tüm bu pohpohlanmalardan kendini bir şey sanıp, üstüne hiçbir şey eklemiyor. Beni, nasıl olursam olayım seviyorlar hatta tapıyorlar gibi salak bir düşünce içine giriyor. Dışarıda adam gibi adam yok diyorsunuz, evet haklısınız yok sayenizde. Etme bulma dünyası bu. Yine kızacaksın bana ama tüm bunlar kadın olarak sizin suçunuz. Sizsiniz seçen, siz yalandan âşık olan ve sonrasında yalancı aşkınızla adamı kendinize âşık eden, mantığınızı dinlemeyen, ilişki, evlilik, çocuk yapma paniğiyle adamı sürükleyen. Toplum baskısı ve biyolojik saatinizin tik taklarıyla ilişkiye, erkek değil siz kadınlar balıklama atlıyorsunuz."

Kustum içimden geçenleri. Çok mu konuştum? Ne gerek vardı?

İnandıklarımı çok mu hızlı anlatıyorum? Anlamak için ona baktım, ilk defa gerçek göz teması kurduk. Daha doğrusu ilk defa gözlerimiz sevişti. Gözbebeklerinin büyüdüğünü gördüm, benimkilerle birlikte. İşte o anda büyüdük. Belki de biz olma yoluna çıktık. Sanki o anda uçak rotasını değiştirdi, bize doğru yola çıktı. *Bir terörist gibi uçağımı ele geçirdin, rotayı sana, bize doğru çevirdin. Silahın bana diktiğin gözlerin. Çok tehlikelisin.* Emniyet kemerlerimizin takılı olduğundan emin miyiz? Acil çıkışları, kaçışları tekrar gösterdi özgürlüğüm. Bu uçak düşer; ikimiz de yere çakılırız diye korktum, inan paraşütüm yok benim. Hep temkinli ama garantisiz yaşadım ben bu hayatı.

Duraksadı, fazlasıyla şaşırmış bir hali vardı. *Şaşkınlık da yakışıyor sana.*

"İtiraf ediyorum, şaşırttın beni. Söylediklerinin bir kısmında haklılık payı var ama sadece kadınlar atlamıyor ilişki içine. Bunu yapan erkek de çok. Bence sen tek taraflı düşünüp fazla sorguluyorsun hayatı. Bir de alınma ama her şeyi böyle geneller misin? Kalıplar içine sokunca hele bir de kadın erkek ayrımı yapınca hayat daha mı kolay geliyor sana?"

Evet, çok zeki bu kız.

"Bilmem? Hiç düşünmedim. Belki öyleyim. Ama yaşamak sorgulamak değil mi? Sorgulamazsak nasıl gelişiriz? Yaşadığımız tecrübelerimiz de bizi genelleme yapmaya itiyor bence. Ayrıca kadın ve erkeğin duyguları, düşünceleri, beklentileri, doğaları bu kadar farklıyken tabii ki bazı noktalarda ayrım yaparım."

Bir uçak yolculuğunda daha adımızı bile bilmeden girdiğimiz konulara bak.

"Sorgulama demiyorum ki. Ama hayatı akışına da bırakabilmek gerek bazen. Yorulmuyor musun sen bu kadar hayatı didiklemekten?"

"Sahte aşklarla kandırılmaktan, ciddi ilişkilerin içine itilmekten, zorlayıcı bağlılıklara sürüklenmekten daha az yorucu olduğu kesin."

"Bak bunda haklısın. Evet, yanlış ilişkiler içine girebiliyoruz bazen. Ve sonu çok yıpratıcı oluyor. Ben de gerçekten âşık olmadığım halde, âşıkmışım gibi hissetmeye çalışmışım galiba. Adamın aylarca peşimden koşması hoşuma gitti, gururumu okşadı ama sonrasında o 'Benden ayrılırsan ölürüm!' diyen adam beni çatır çatır aldattı. Yanlış anlama kırgınlığım ve kızgınlığım o adama değil tamamen kendime. Kendi aptallığıma kızıyorum ben. Aslında düşününce, belki de iyilik yaptı bana. Uyandırdı, sahte duygularla zaman kaybetmemin önüne geçti. Ama defolup giderken erkeklere olan güvenimi de yanında götürdü."

Evet, yanılmamışım hem de fena aldatılmış bu kadın. *Sarılmak istiyorum sana.*

Sarılsam, ağlar mısın? Ve şayet ağlarsan bunun sebebi söylediğin gibi pişmanlığından mı yoksa hayal kırıklığından mı olur? Sana omuz olmak istemiyorum ben. Ağlayacak göğüs olup; arkadaş, dost olmak değil ki niyetim. Ama sarılmak istiyorum yine de sana. Sıkı sıkı sarılıp, hatta nefesini kesecek kadar sarmalayıp "Her şey çok güzel olacak..." diye fısıldamak istiyorum kulağına.

Kokunu içimde hissedip, nefesimin sıcaklığını boynunda hissetmeni istiyorum. Sonra bana dönmeni ve dudaklarımızın sımsıcak birbirine değmesini istiyorum. Çok mu şey istiyorum? Neler oluyor bana, neden seni bu kadar öpmek istiyorum? Dudakların beni çekiyor, bakışların da onaylıyor gibi. Yoksa inanmak istediklerime mi inanıyorum, arsızca?... Ama o bakışların... Neden gözlerimiz her buluştuğunda sevişiyor gibi geliyor bana? Ne oluyor bana, ne oluyor bize?

Söylediklerine cevap verecek bir şey bulamadım. Beynimde çok cümle, ağzımda hiç harf yoktu. Erkek mantığıyla mı yoksa kadın duygusallığıyla mı konuşsam? Ne söylesem sana? En bodoslama yolu seçtim.

"Bana diyorsun ama sen de genelliyorsun erkekleri."

İtiraz eder gibiydi, susturdum konuşmaya devam ederek.

"Ayrıca güven o kadar çabuk kaybedilen bir şey mi?"

Evet demeden susturdum onu. *Cevabı belli sorular sorma...*

"Aşk yaşamadığın bir adamdan ne bekliyordun ki? Sen aldatılmadın, söylediğin gibi aldattın kendini."

Nasıl çıkıyor bu cümleler benden? *Elimde değil fazla dürüstüm sana karşı.*

Sustu, bakışları hem "Anladım seni..." hem de "Ne diyorsun sen?" der gibi gidip geliyordu. Gidiş gelişleri arasından çıkamadı sanki ve en kolaya kaçıp, "Paris'e niye gidiyorsun? Bu arada sıkışınca konu değiştirmek gibi bir özelliğim de var benim. Genellemelerinin içine giriyor mu bu da?" dedi.

Hiç düşünmeden cevap verdim, düşünsem belki de doğruyu söyleyemeyebilirdim. *Hep dürüst olacağım sana karşı.*

"Kız arkadaşımla buluşmaya gidiyorum. O da yarın sabah New York'tan Paris'e inmiş olacak."

Normal şartlarda bana bu soruyu soran bir kıza asla bunu söylemezdim ama şimdi verdiğim cevaba bak. Ne de olsa bir erkeğin ilişki durumu kimin sorduğuna göre değişir. *Ama sana asla yalan söylemeyeceğim.* Adımızı bile bilmezken düştüğüm, düştüğümüz duruma bak.

Söyledim, söylediğime şaşırdım. Gözlerinin içine baktım, bir ipucu aradım, kendimi suçlu hissettim. Çok garip biliyorum ama ona ihanet ettiğimi düşündüm. "Seni tanımıyordum ki" diye devam etmek geldi içimden. Gözlerini kaçırdı benden... Kıskandı mı, umursamadı mı? Sevinsem mi üzülsem mi? Kısa bir sessizlik oldu ve bana bakmadan konuştu.

"Ben de iş için gidiyorum."

Hem "Bana ne?" hem de "Umurumda değilsin!" dedi sanki bana. Hangisini kastettin? Hangisini seçsem?

Bir an için bana tekrar baktı, saniyelik bir bakışıyla bana olan ilgisini tekrar hissettim. Sonra kaçırdı ve ben kaçırdığı gözlerini aradım. İtiraf ediyorum bu durumdan çok hoşlandım. O da benden benim ondan etkilendiğim kadar etkilenmiş.

Konuyu bir an önce değiştirmem gerek.

"Bu arada biz hâlâ tanışmadık" diyerek adımı söyledim.

"Haklısın, ben de Hande."

Uzattığım elimi sıktı. İlk defa ona dokundum. Eli benim hep sıcak olan ellerime göre daha soğuktu, oldum olası sevmişimdir soğuk elleri, böylece birlikte ortayı bulabiliriz. İçim kıpır kıpır oldu. Olması gerektiğinden birkaç saniye daha fazla kenetli kaldı ellerimiz.

Sana dokunmak çok güzel. Biraz daha böyle dursak.

Elini çekmek üzere olduğunu hissettim ve aynı anda yavaşça ellerimiz ayrıldı. Gözlerimin içine baktı.

"Memnun oldum."

Ben de çok memnun oldum. Hem de çok...

"Adımızı bile bilmeden fazla mı özeline girdim?"

"Yooo, karşılıklı girdik. Bazen insan tanımadığı birine daha rahat anlatıyor kendini."

Bana yabancı deme...

"Artık tanıştığımıza göre, rahat konuşamayacak mıyız?"

Suratında yine yaramaz bir gülümseme belirdi.

"Orasını göreceğiz..."

Gülümsemeni öpmek istiyorum.

Uçağın iniş için alçalmaya başladığı anonsu yapıldı. Ne kadar çabuk geçti üç buçuk saat.

"Farkında mısın? Uçağa ilk binip yanıma oturduğunda değil de, yolculuğumuz biterken tanıştık."

"Belki de o an tanışsaydık bu kadar sohbet etmeyebilirdik."

"Önce birbirimizi tanıyıp sonra tanıştık yani..." diyerek gülümsedim. Sıcacık gülümsemesiyle göz kırptı gülümsememe.

"En güzeli de bu değil mi?"

Uçak birazdan piste inecek ve seninle geçirdiğim üç buçuk saat mi kalacak elimde? Devamını istiyorum ben. Bu sadece bir fragman hatta teaser'dı. Gel filmimizi çekelim biz. Kendimize ait bir romantik komedimiz olsun bizim. Yaşadıklarımız senaryomuz olsun, birlikte yazalım ve birlikte yönetelim. Filmimizin sonunda "The End" yerine "Peki ya sonra?" yazsın...

Korktuğum başıma geldi, uçak piste tekerleğini değdirdi. Son şansım, acele bir şeyler söylemeliyim, kız arkadaşımla buluşacağım dedikten sonra böyle bir kızdan telefonunu isteme şansım var mı? Çok mu öküzce olur? *Hadi artık hadi, uçak körüğe yanaşıyor... Bir şey söyle...*

"Akşam ne yapıyoruz?" dedim ve ağzımdan çıkana ben de şaşırdım. Ansızın dışarı çıkıyor seninle düşüncelerim. Tartamıyorum sözlerimi. Kesin kibarca tersleyecek beni diye düşünürken, Hande verdiği cevapla şaşırttı beni.

"Bir yerlerde bir şeyler atıştırabiliriz aslında, toplantım yarın sabah."

Hiç beklemiyordum bu cevabı, içinden geleni çat diye söyleyebilmek çok güzelmiş. *Alnımdan öpmek istiyorum kendimi.*

"Otelin nerede?" diye sordum.

İkimiz de Saint-Germain civarlarındaymışız.

"Koltuklarımız da otellerimiz gibi yan yana."

Kim bilir başka nelerimiz yan yana?

"Tesadüf" dedi yine gülümseyerek.

Tesadüflere inanmam diyemedim.

"Saat sekiz iyi mi senin için? Otelinin lobisinde buluşuruz."

"Anlaştık" dedi ve toparlanmaya başladı.

Kendimi lunaparktan içeri giren bir çocuk gibi hissettim. İçim kıpır kıpır oldu. Yeniden çocuk oldum. *Hayat çok güzel, uçak çok güzel, tüm yolculuk boyunca ağlayan çocuk sen bile çok güzelsin.*

-3-

Havaalanından otelime doğru giderken mesajlarımı kontrol ettim ve gerçek hayata geri döndüm. New York'lu sevgilimden mesaj gelmiş. O anda yeniden büyüdüm, olduğum yaşıma geri döndüm:

Uçağını mı kaçırdın? Beni görmek için ne kadar da heyecanlıymışsın. Paris'e inince bana mutlaka haber ver. Çok özledim. Sadece bir gece kaldı seni görmeme...

Başardım, Paris'teyim. Ben de seni özledim. Uçağa binerken mesaj at. Kocaman öptüm.

Mesajımı atarken ihanet ettiğimi düşündüm ama New York'lu kıza mı, Hande'ye mi, yoksa kendime mi karar veremedim.

Otele geldiğimde saat yedi buçuk olmuştu bile. Hızlı bir duş yapıp hazırlandım. Bir kızla buluşmadan önce yaptığım ritüelimi bozmadım ve mini bardan çıkardığım mini viskiyi içtim. Saate baktım hâlâ, zamanım var. Zaman geçmiyor. Ben alışık değilim bu duygulara. Bir viski daha içtim. *Neden bu kadar heyecanlıyım?*

Sekize çeyrek kala oteline geldim. Kalbim fazla mı hızlı atıyor? *Lobideki barda bir tane daha mı içsem? En az on dakika bekletir nasıl olsa.* Bara doğru yürürken onu gördüm.

Yanına yaklaştım, belinden hafifçe sarılıp öptüm. Dudaklarım ilk kez dokundu ona. Kokusunu içime çektim. *Öpmek istediğim sadece yanakların değil.*

"Uzun zaman oldu, görüşmeyeli nasılsın?"

Ne salak bir espri oldu bu şimdi. Doğal olarak gülmedi ve sadece küçük bir kız edasıyla dudaklarını büktü.

"Çok acıktım, iyi ki erken geldin."

"Hemen yakınımızda lokal bir restoran var, oraya gidelim. Yemekleri çok güzel, her Paris'e gelişimde mutlaka giderim."

Sana bırakıyorum der gibi başıyla onayladı. Kendini de bana bıraksan...

Birlikte yürümeye başladık. *Elini tutmayı, sana sarılmayı o kadar çok istiyorum ki...*

Böyle iki arkadaşmışız gibi yürümemiz rahatsız etti beni. Ben seninle sadece arkadaş olmak istemiyorum ki. Tabii ki o da ol ama fazlası da ol. *Of, buluştu işte kız seninle, hep fazlasını isteme. Haline şükret...*

Tam "Paris'in en güzel saati şu an" diyerek konu açmak üzereydim ki benden önce davrandı.

"Çok sık mı geliyorsun Paris'e?"

"Arada bir geliyorum ve hep aynı otelde kalıp, bu gideceğimiz restoranda da mutlaka bir akşam yemeği yerim."

Alaycı bir gülümsemeyle, "Çok sadıksın yani?" dedi.

"Evet ama sadece sevdiğim şeylere..."

"Peki ya sevmediklerine?"

"Hayat sevmediklerine bir şans daha vermek için çok kısa değil mi? Sana uyan lezzetler bulabilmek için farklı yemekleri de denemek lazım."

"O kadar değişik yemek denemek ağız tadını bozmasın? İştahın kaçar sonra."

Beni yargılar gibi konuşması rahatsız etti. "Duygu obeziyim, yedikçe iştahım açılıyor" demeyi düşündüm ama tuttum kendimi.

"Doğruyu bulmak için denemek gerek. İlk yediğimiz yemek hayatımızın yemeği olsaydı; sadece süt içerdik."

"Senin dediğin gibi olsaydı; dünyanın tüm tatlarını denemek gerekirdi."

Çattım ben bu kıza. Gerçekten işim var.

"Çok kilo alırdım o zaman. Beğenmezdin sonra beni."

Hiç beklemediği hatta benim bile beklemediğim sözcükler çıktı ağzımdan. Hafif bir kahkaha atarak, "Seni beğendiğimi de nereden çıkardın? Ya sen ne kadar eminsin kendinden böyle..." dedi.

"Sen de hoşlandın biliyorum, tanıdıkça daha çok seveceksin beni" demek geçti içimden. Onun yerine, "Kendimden emin oluşum değil, hislerim konuşan" dedim.

Ona cevap verme fırsatı bile bırakmadan geldiğimiz restoranın kapısını açtım ve yüzümde bir gülümsemeyle, "Lütfen önden buyurun matmazel" dedim. Konu henüz kapanmadı gibi bir bakışla, "Mersi mösyö" diyerek içeri girdi.

İçeri girince onu buraya getirmenin ne kadar doğru bir karar olduğundan bir kere daha emin oldum. Mekânın şirinliği, sıcaklığı, leziz yemek kokuları onun da hoşuna gitti. Bir de üstüne restoran sahibinin ve garsonun beni sıcak bir şekilde karşılayıp sohbet etmesi doğru seçimimi pekiştirdi. Ne de olsa her erkek kendi çöplüğünde öter. *Biz erkekler bazen çok mu egoluyuz?*

Masaya oturur oturmaz, "Biliyorum çok açsın, istersen yemek seçimini bana bırak" dedim.

Göz kırparak cevap verdi.

"Tamam, çok yemek denemiş biri olarak sana güveniyorum."

Her şeyinle kendini bana bir bıraksan…

Yemek siparişini bir şişe kırmızı şarapla birlikte verdim. *Biraz daha rahatlamam, rahatlaman lazım…* Şaraplarımız gelene kadar bir sessizlik oldu. Kadehimi tokuşturmak için uzattım.

"Tanışmamıza..."

Kadehlerimizi tokuşturup o içkisinden bir yudum alana kadar gözlerimi gözlerinden ayırmadım, ayıramadım. Kısa bir an o da gözlerimin içine baktı. *Yine o duygu, hislerimiz karşılıklı duygusu…* Sonra gözlerini çekti ait olduğu yerden.

"Bu yaptığın çok tehlikeli..."

Şaşırmış bir halde bana baktı.

"Hangi yaptığım?"

"Kadehlerimizi tokuşturduktan sonra içkinden bir yudum alana kadar gözlerimin içine bakmaman."

"Bay Kendinden Emin kafasına göre kurallar mı koyuyormuş şimdi de?"

"Yok, bu kuralı ben koymadım, Fransızlar koymuş. Eğer şaraptan bir yudum alana kadar gözlerime bakmazsan yedi sene boyunca çok kötü bir seks hayatın olur. İnan bunu uydurmuyorum. İstersen garsona sorabilirsin."

"Yok, kalsın" diyerek gülmeye başladı.

Tahta masaya vurarak devam ettim.

"Uyarması benden. Yedi yıllık bir lanet yaşamanı istemem."

Bazen çok mu fırlamayım?

"Batıl inançlı biri misin sen?"

"Konu seks ise evet."

Tekrar masaya vurarak devam ettim, karşılıklı olarak kahkaha atmaya başladık.

"Bu arada kadeh tokuşturma âdetinin nasıl çıktığını biliyor musun?"

"Hayır, anlat bakalım Bay Batıl İnanç."

"Eski çağlarda içkiye zehir karıştırılmadığından emin olmak için kadehlerin içine birbirinin içkisinden dökülürmüş, sonraları o alışkanlık kadeh tokuşturmaya dönüşmüş."

"Benim içkime zehir koymadığını umuyorum."

İçkine değil, senin içine zehrimi koymak istiyorum.

Gözlerinin içine baktım ve "Güvene!" diyerek kadehimi kaldırdım. Gözlerimin içine bakarak "Güvene!" dedi ve şarabından aldığı yudumu yutana kadar çekmedi. Gözbebeklerinin büyüdüğünü gördüm, gözlerinin içinde eridim. *Çok öpmek istiyorum o bakışını…*

Bakışlarını kaçırdı, utandığı her halinden belliydi. Konuyu değiştirdi.

"Şimdi fark ettim. Hiç ne iş yaptığımı, nerede oturduğumu falan sormadın? İlk tanışmalarda sorulan tipik ve sıkıcı soruların hiçbirini sormadın."

"Sormalı mıydım?" diyerek gülümsedim.

"Hayır, sadece farklı geldi. Aslında biraz da hoşuma gitti."

"İşine ortak olmak gibi bir niyetim yok. Ayrıca evine taşınmak da istemiyorum."

Kahkahalar atarak karşılık verdi.

"Gerçekten mi? Ortağa ihtiyacım vardı."

"Tanışır tanışmaz böyle geyik sorular bana saçma geliyor açıkçası. Konuşacak o kadar çok şey varken yüzeyde kalmak çok gereksiz. Denize girip sadece suyun üstünde yüzmek gibi. Oysa suyun dibi hep farklı, keşfedecek çok şey var."

"Peki, bende ne keşfettin Bay Dalgıç?"

"Seni henüz keşfetmedim. Kristof Kolomb gibiyim, seni keşfetmek için çıkacağım seferin başındayım, gemim denize yeni açıldı."

"Ben Amerika değilim canım, sabit durmuyorum. Maceracı denizciler, korsanlar istemiyorum anakaramda. Ben kendimle iyiyim."

"İyi de, Amerika keşfedildikten sonra yerleşik düzene geçildi. Yenidünya oldu."

"Yerlilerini katlederek, doğasını bozarak, kâşiflerin olmasını istediği gibi yeni bir dünya evet. Yok kalsın."

"Her şeyini sevdiğin bir dünyayı niye bozmak veya değiştirmek isteyesin ki? Onunla uyum içerisinde yeni, ortak bir dünya da kurulabilir."

"Sonra da kurduğunuz dünyadan sıkılıp, yeni dünyaları keşfetmeye başlayasınız diye mi? Almayayım ben. Kâşif falan benden uzak dursun."

"Ne kadar canın acımış senin. Bana söylüyorsun ama

sen de genelliyorsun insanları. Yeniden yaralanmaktan korkmanı anlıyorum ama doğru insanlara bir şans verebilmeyi de bilmek gerek."

Yüzüme baktı, gözlerinde kasveti gördüm. *Kasvetin bile hoş senin...* Üzgün bir ses tonuyla karşılık verdi.

"Bu konuyu kapatsak?"

Acele bir şekilde konuyu değiştirmeli, onu bu ruh halinden çıkarmalıyım. Gülümseyerek sordum.

"Ne iş yapıyorsun?"

Başardım, gülerek cevap verdi.

"Ortak olmaya karar verdin mi sonunda?"

Yemek boyunca hiç susmadan ve bol kahkaha atarak konuştuk. Saatler dakika, dakikalar saniye oldu. Sevdiğimiz filmlerden (bu arada ilk kez *True Romance (Çılgın Romantik)* filmini seven hatta bilen bir kızla tanıştım. Filmdeki en sevdiğimiz repliği aynı anda söyleyip duruma ikimiz de şaşırdık: "That's the way romance is... Usually, that's the way it goes, but every once in a while, it goes the other way too. (İşte romantizm böyle bir şeydir... Genelde böyledir, ama kırk yılın başı başka yola saptığı da olur." Kitaplardan (onun da favori yazarları arasında Chuck Palahniuk var), yaptığımız seyahatlerden (o da benim kadar çok seyahat ediyor), hobilerimizden, Paris'ten, hatta havadan, biraz da sudan konuştuk. Konuştu güldüm, konuştum güldü...

Bu yemek hiç bitmesin... Zaman dursun... Sen dur... Ben durayım...

Şişenin dibinde kalan şarabı onun kadehine tam dökerken, eliyle kadehinin üstünü kapatarak, "Dur, şarabın sonunu bana verme!" dedi.

Şaşırdım. Yaramaz bir gülümsemeyle, "Niyetim seni sarhoş etmek değil, merak etme" dedim.

"Biliyorum. 'Una donna non dovrebbe mai avere le ultime gocce di vino dalla bottiglia.' Yani bir kadın asla şarabın sonunu içmemeli. İtalyan inancına göre şayet içerse asla evlenemez. Hayret, sen nasıl bunu bilmezsin Bay Batıl İnanç?"

Sen daha neler biliyorsun? Her an daha da şaşırtıyorsun beni.

"Senden öğreneceğim daha çok şey var. Bu arada bu evlenmeme meselesi erkek için de geçerli mi?"

Şişenin sonunu kendi kadehime döktüm, göz kırparak kendi sorumu kendim cevapladım:

"Umarım..."

Güldü... Saatine baktı. *Bakma lütfen...*

"İnanamıyorum, saat çok geç olmuş... Yarın çok erken toplantım. Kalkabilir miyiz?"

"Tatlı ister misin? Ya da kahve?"

"Hayır, çok iyiyim, sen istiyorsan ye ama."

Yaramaz gülümsememle cevapladım.

"Tatlımı sonraya saklıyorum."

Hesap gelince ödemek istedi, ısrar etti. Gayet ciddi bir tavırla ona, "Saçmalama, ama söz veriyorum, doğum günümde ödeyebilirsin hesabı" dedim.

"Bu aralar mı doğum günün?"

Güldüm.

"Sayılır, şunun şurasında sekiz ay kaldı..."

Yine kahkaha attı. *Seni hep güldürmek istiyorum...*

***

Dışarı çıktık, Saint-Germain'in ışıltılı sokaklarında birlikte otele doğru yürümeye başladık. Paris hiç bu kadar güzel olmamıştı.

Yavaş yürü lütfen... Hem neden otelin bu kadar yakın? Niçin yarın toplantın var? Niye yarın kız arkadaşım geliyor?

Hava serinlemişti, ceketimi çıkarıp omzuna koydum. Ceketin altında kalan saçlarını dışarı çıkarmak için dokundum. Bunu yaparken boynuna değdi parmaklarım. *Öpmek istiyorum seni...*

Bir anda durdu bana baktı, teşekkür etti, birkaç adım attı, duraksadı, bir daha baktı ve yürümeye devam etti. *Biliyorum, sen de istiyorsun...*

Bana bakmadan konuşmaya başladı.

"Paris çok güzel bu gece..."

"Aynı şeyi düşünüyordum az önce. Başka bir yerde, ne bileyim Uganda'da olsak orası da güzel olurdu gerçi."

"Belki de..."

O sırada otelinin önüne geldik. Durduk. Bana döndü.

"Çok teşekkür ederim, inanılmaz güzel bir akşam geçirdim sayende."

Gitme lütfen...

Ceketimi almak için uzandım, kokusunu hissettim, sıcaklığını duydum... Biraz daha yaklaştım. Omuzlarından ceketimi tuttum. O da bana doğru uzandı. Yaklaştık yavaşça... Saniyeler salise oldu, zaman yavaşladı, yavaşladı ve durdu. Dudaklarımız birbirine değdi. Her şey; sesler, görüntüler, kokular dondu. Dudaklarımız değdi ve biz yalnız kaldık. Paris'te hatta dünyada sadece ikimiz vardık. Önce dudaklarının sıcaklığını sonra ıslaklığını hissettim. Başının arkasından tutup kendime daha çok çektim. Kokusunu içime aldım. Dudaklarımız bizden bağımsız hareket ediyordu sanki. Ardından dudaklarını yavaşça ayırdı. Kendini geri çekti. Bir elimi başının arkasına diğerini beline doladım ve sarıldım, boynuna yüzümü yasladım ve sımsıkı sardım. Kokusunu tekrar içime çektim. Kısa bir süre öylece kaldık. "Tatlıyı sonraya sakladığımı söylemiştim... Hoş geldin hayatıma" diye fısıldamak istedim kulaklarına ama sustum. Anın büyüsünü bozmak istemedim. Geriye doğru çekildi, ellerimi tuttu. Yüzü kızarmıştı, gözlerini gözlerimden kaçırdı. Fısıltıyla "İyi geceler..." dedi, ellerini yavaşça ellerimden çekti ve arkasını dönüp hızlı adımlarla oteline doğru yürümeye başladı. Öylece kalakaldım, hiçbir şey söyleyemedim, dur diyemedim, iyi geceler bile çıkmadı tadı hâlâ üstünde kalan dudaklarımdan. Bir an duraksadı... *Dön bana lütfen...* Tekrar adımlarını hızlandırdı, oteline girdi.

Sesler yeniden belirmeye başladı, kokular geri döndü. Dünya tekrar dönmeye başladı. Öylece kalakaldım ben... Sigara çıkardım ama içmedim, dudağımdaki tadı, burnumdaki kokusu gitmesin istedim. Geriye dönüp yürümeye başladım. Aklım, kalbim, tüm duyularımı sanki orada, onunla bırakmış bir halde yürüdüm.

Onu bir daha göremeyeceğim aklıma geldi, daha doğrusu kafama dank etti. Ne telefonunu istemiştim ne de soyadını biliyordum. Ne iş yaptığını bile öğrenememiştim. Kaldığı otele geri dönüp resepsiyona sorabilirim, odasını arattırabilirim diye bir düşünce geçti aklımdan. Bir an rahatladım, ama yapamadım. Yeni başlayan bağımızın kordonunu kesmek onun kararıydı, benim ise yapabileceğim en doğru şey onun bu kararına saygı duymak. Onun yaşadığı ikilemi çok iyi anlıyordum. Ne kadar duygularına hâkim olamayarak benimle öpüştüyse de, bir kız arkadaşım olduğunu biliyordu. Onun da ihanetle yeni sonlanmış bir ilişkiden çıktığı gerçeği vardı. Erkeklere olan güvenini kaybetmişti besbelli. Ayrıca içsesim hiç susmuyordu hatta kızıyordu bana: *Rahat bırak bu kızı, üzme...*

Otelime doğru yürümeye başladım, telefonuma baktım. Dört mesaj var, hepsi de tabii ki New York'lu sevgilimden:

Havaalanına gidiyorum, sen neler yapıyorsun?

Hey, nerelerdesin? Paris hayatı çok hoşuna gitti galiba, beni unuttun bile. Yarın sabah hatırlatacağım sana kendimi merak etme.

Uçağıma biniyorum ve hâlâ senden ses yok. Bir gün boyunca cezalısın, seks yok.

Uçaktayım, cezanı kaldırıyorum. Kendime eziyet olur. Yarın görüşürüz...

Hayatın gerçeklerine geri döndüm, bu sefer sigaramı yaktım, bir nefes çekip son mesajını cevapladım:

Mesajlarını şimdi gördüm, yarın sabah yatakta hatırlatacağım seks yok lafını, iyi yolculuklar.

-4-

Sabah telefonumun çalmasıyla uyandım, arayan New York'lu sevgilim. Saate baktım, uçağı çoktan inmiş hatta ayarladığım arabaya binmiş otele gelmek üzere. Uyuyakalmışım. Telefonu sanki çoktan uyanmış bir ses tonuyla açtım. Yemedi:

"Ben uyandırdım seni değil mi? Hadi kalk uykucu herif... Gelmek üzereyim, duşunu yap ve bir an önce kendine gel... Havlun belinde karşıla beni. Üstünde çok uzun kalmayacak o havlu bu arada..."

Bayılıyorum bu kızın enerjisine...

"Emriniz olur hanımefendi..."

Acele bir şekilde kendimi duşa attım, oda servisinden iki kişilik kahvaltı ve kahve siparişi verdim. Kahveden önce o geldi. Ve evet, havlu üzerimdeydi...

Öğlene doğru ancak kendimizi otel dışına atabildik. Bir şeyler yemek için Montmartre'ye doğru giderken bana döndü ve arkadaşça bir tavırla, "Eee söyle bakalım, dün akşam nereye kayboldun? Mesajlarıma bakmadın bile..." dedi.

"Uçakta biriyle tanıştım. Sonrasında da akşam birlikte yemek yedik."

Yüzünde *seni çok iyi tanıyorum* gülümsemesi belirdi.

"Peki, güzel miydi kız?"

Şaşırdım. *Sen benim ruhumu okumuşsun.* Yüzümde yaramaz bir tavırla, "Kız olduğunu söylemedim ki sana" dedim.

"Söylemene gerek yok ki, yeterince tanıyorum seni. Çok etkilenmişsin belli, beni bile unuttuğuna göre."

"Aman boş ver, beni biliyorsun..."

Bana göz kırptı ve ellerini parti havasında kaldırarak, "Neyse, asıl kız geldiğine göre eğlenmeye başlayabiliriz" dedi.

Bayılıyorum bu kızın özgüvenine...

Sonrasında neler mi yaptık? Paris'te harika günler geçirdik. Yedik, içtik, seviştik. Sabahlara kadar gezdik, öğlenlere kadar yataktan çıkmadık. Sabah kahvaltılarımızı hep kaçırıp her seferinde odamızda yedik. Aslında tüm Paris seyahati flu geçti, genellikle hep sarhoştuk. Kahvaltı sonrası içtiğimiz bloody mary'lerin akşamdan kalmalığımızı iyileştireceğine birbirimizi inandırdık. Arkasından öğlen yemeklerinde içtiğimiz Fransız şaraplarıyla çakırkeyif olup, öğleden sonra biraz uyuma bahanesiyle (gerçek amaç tahmin ettiğiniz gibi sevişmek) odamıza geri döndük. Sevişme sonrası birkaç saat kestirip, tekrar kendimizi güzel Paris'in kucağına bıraktık. İkimiz de birçok defa ayrı ayrı geldiğimiz ve gezdiğimiz Paris'in turistik, tarihi yerlerini, müze, kilise, sergilerini es geçtik. Hiçbirinin kapısından içeri bile bakmadık. Onlar sadece eğlencemize, yemeğimize, sohbetimize, kahkahalarımıza arka plan dekoru oldular.

Bana göre günün en güzel saatleri olan günbatımında seçtiğimiz bir Paris siluetini manzaramız yaparak dirty martini'lerimizi içtik. O New York yaşantısını, ben vazgeçemediğim İstanbul'umu anlattım. Bir sonraki buluşma şehrimizi kararlaştırmaya çalıştık. Ve her bir araya geldiğimiz şehirde yaptığımız ritüelimizi yani o ana kadar buluştuğumuz şehirleri saymaya başladık. İçkisinden bir yudum aldı ve heyecanla anlatmaya başladı.

"İstanbul'la başlıyoruz."

"İstanbul sayılır mı? Tanıştığımız şehir sonuçta. Orada buluşmadık ki?"

"Niye saymıyormuşuz İstanbul'u? Tanıştığımız kulübün adı neydi bu arada?"

"Reina."

İstanbul'a New York'tan bir arkadaşı ile bundan yaklaşık bir buçuk yıl önce gelmişti. En iyi arkadaşı iş için gidiyormuş ve o da hep merak ettiği İstanbul'u görmek için onun peşine takılmış. Bir akşam otel resepsiyonunun tavsiye ettiği Reina'ya yemeğe gelmişler. İşte biz de orada, Reina'da tanıştık.

Benim de yurtdışından arkadaşlarım gelmişti ve onları Suada'ya yemeğe götürmüş, ardından tekneyle Reina'ya geçmiştik. Hemen yanımızdaki masadaydılar ve daha görür görmez ilgimi çekti. Rahat tavırlarından, yüksek sesli konuşmalarından, giyim tarzlarından, insanlarla hızlı diyaloğa girişlerinden New York'lu olduklarını da çok çabuk anladım. Yanlarına zaman kaybetmeden gittim.

"New York'lusunuz galiba?..."

Şaşkınlıklarını gizleyemediler.

"Bu kadar mı belli ettik? Yüksek sesle konuşmamızdan mı anladın? Ah Biz New York'lular..."

"O ve daha birçok şey eleverdi sizi."

"Peki ya sen nerelisin?"

Gülerek, "I am the local product baby (Ben yerli malıyım bebeğim)" dedim.

Kahkahalarla gülmeye başladılar ve kadehlerini uzattılar.

"Yerli malı ve New York'lulara içelim."

Sonrasında tahmin ettiğiniz gibi masalarımız birleşti. Gürültülü müziğin ortasında birbirimize eğilerek konuşmaya çalıştık, birbirimizi genellikle duyamadan, birkaç kelimeyle neler söylediğimizi anlamaya çalışıp bol bol güldük. Gecenin sonuna doğru İstanbul'da nereleri gezdiğini sordum. Tipik turistik yerleri sayınca rahatladım.

"Güzel, turistik yerler bitmiş. Sıra bende. Şimdi İstanbul'u benim gözlerimden göreceksin."

Gözlerini bana kilitledi.

"Rehberim olmayı mı teklif ediyorsun?"

"Teklif etmiyorum. Resmi olarak bu göreve geldim bile. Bir tek imzamız kaldı."

Lafımı bitirir bitirmez ona doğru eğildim ve öptüm, hem de Reina'nın tam göbeğinde...

Arkadaşının ve arkadaşlarımızın kahkahalarla bize laf atmalarına kadar öpüştük.

"Get a room... (Kendinize bir oda tutun...)"

İstanbul'da kaldıkları birkaç gün boyunca ben onların rehberi oldum, onlar da benim eğlenceli, güzel misafirlerim.

Neyse biz Paris'e, kaldığımız yere dönelim.

"Evet Reina... Ne eğlenmiştik o gece Mr. Local Product (Bay Yerli Malı). Hadi beni yine öp herkesin ortasında."

Bana doğru uzattı dudaklarını, öpüştük.

Hiç hoş olmayan bir duygu belirdi içimde, o ana kadar tüm Paris seyahatim boyunca gerilere attığım, dışarı çıkmasın diye bastırdığım duygu. Evet, Hande geldi aklıma. Utandım ve yavaşça geri çekildim.

Saymaya devam etti.

"Sonrasında Prag, Venedik, Budapeşte, New Orleans, Roma... Yok, galiba arada sen New York'a gelmiştin."

"Olabilir, hatırlayamıyorum."

Konuya olan ilgim gitmiş, kafam başka yere kaymıştı bir kere. Kalkıp gitmek istedim. *Bozulan modumu düzeltmem gerek. Çıkar bir daha göremeyeceğin Hande'yi aklından, Paris'in, sevgilinin, bu anın keyfini sür...*

"Başka bir yere gidelim mi? Karnın acıkmadı mı senin?"

O da anladı bendeki anlık değişimi ama kurcalamadı.

"Hadi kalkalım, biraz yürüyelim. Ben de acıkmaya başladım. Senin bahsettiğin bir restoran vardı, hani hep gittiğin. Oraya gidelim mi?"

Hande'yle gittiğimiz restorandan bahsediyordu. Aklımdan çıkarmaya uğraştığım düşünceler, birlik olup üstüme üstüme geliyor. *Asla gitmeyi düşünmüyorum o restorana, ne seninle ne de başkasıyla...*

"Başka bir yere gidelim, bu akşam canım yeni yerler keşfetmek istiyor."

İçkimin kalan kısmını bir dikişte bitirdim. Sigaramdan son nefesi çekip söndürdüm. Hem içtiklerimizin hesabını hem de içsesimin hesabını kapattım. O ana geri döndüm. *Paris'teyim ve eğlenceli, seksi kız arkadaşımlayım.*

Hande'yi aklımdan çıkarıp eğlenmeye kaldığım yerden devam ettim. Fransız mutfağının lezzetli yemekleri, şarapları ve gece hayatının şıklığı içinde kayboldum.

Kahkahalarımız, sevişmelerimiz unutturdu onu. Ta ki bir akşamüzeri bir kafede onu gördüğümü sanana kadar. Arkası dönük dört beş masa ilerimizde gördüm onu. Arkası dönüktü ama saçlarından, duruşundan o olduğuna emin oldum veya olduğumu sandım. İçim kıpır kıpır oldu, heyecanlandım. Sanki yine bungee jumping yapmak üzereymişim gibi adrenalini hissettim tüm bedenimde. Bir tarafım git konuş, merhaba de, telefonunu iste dedi. Diğer tarafım kalk buradan, hemen başka yere git diye söylendi. Hangisini mi yaptım? Kolay olanı... Ona kız arkadaşımla Paris'te olduğumu, sevgilime de uçakta tanıştığım bir kızla yemeğe çıktığımı söylememe rağmen kendimi kötü hissettim. Her ikisinin de beni böyle karışık halde görmesini istemedim. Ne de olsa kadınların altıncı hisleri, daha doğrusu vücut dilini okuma becerileri çok kuvvetli.

Kız arkadaşıma dönüp, "Kalkalım buradan, başka yere gidelim" dedim. "Baksana hâlâ siparişimizi bile almadılar." *Çok korkağım bazen...*

Apar topar kalktık kafeden. Hızla dışarı çıktık. Mekânın önünden uzaklaşırken onu bir kez daha görmek için duraksadım. Telefonumla oynar gibi yaparak dönüp kaçamak bir bakış attım içeriye. Hayır, Hande değilmiş. Benzetmişim. *Her gördüğün kızı Hande'ye benzetme huyunda mı başladı? Başımıza yeni âdetler getirme. Salak mısın sen oğlum ya?*

Paris kaçamağı bolca yiyerek, çokça içerek ve tavşanlar gibi sevişerek, birkaç Hande sorgulamasını saymazsak devamlı eğlenerek geçti. Amerikalı kızla olan seyahatlerimin son günü artık şu tatil bitse de evime dönsem şeklinde geçer. Gelenek bozulmadı, bu sefer de aynı şeyi hissettim. Eğlencenin de bir sınırı var ve yoruluyor sonuçta insan. Ayrıca onunla derine inemediğimiz bir birlikteliğimizin oluşu birkaç gün sonra yüzeye vuruyor. Zaten hiçbir zaman dört günden fazla zaman geçirmedik. Geçirmeyelim de; daha üçüncü günde birbirimize batmalar başlarken beşinci gün birbirimizi boğacağımız kesin. Benim onda bulduğum (sevişme ve eğlenmeyi saymazsak) sonumuzun olmayışı belki de. İlişkimiz nereye gidiyor sorgulamamızın olmayışı ve birlikteyken gelecek planlarımızın sadece bir sonraki seyahat olması. Ne ben ondan bir şey bekliyorum ne de o benden. Ne ben o New York'tayken kiminle neler yaptığıyla ilgileniyorum ne de o benim İstanbul'da yaptıklarımla. Ama asla ilişkimizi laçkalaştırmıyor, yüzsüzleşmiyoruz, oturup da birlikte olduğumuz insanlardan bahsetmiyoruz, sadece anın tadını çıkarıyoruz. İşte böyle özgür ama tutkulu bir birliktelik. Çoğu erkek için ideal ilişki anlayacağınız.

Havaalanına birlikte gittik, benim uçağım ondan bir saat önceydi. Taksiden indik. Sıkıldınız bu halimden biliyorum ama yine uçağıma geç kaldım. Gerçi pek de umurumda değil. *Sanki İstanbul'da bekleyenim var...*

Daha arabadan iner inmez sarıldı bana, ben de ona. Uzun uzun öylece kaldık. Geri çekildim, tekrar kendine çekti beni ve kulağıma fısıldadı.

"Hep böyle kalalım ve hep böyle eğlenelim... Birbirimize sahip olmaya çalışmayalım. Ve her ne olursa olsun, hayatımıza kim girerse girsin arada hiçbir şey, hiç kimse yokmuş gibi buluşmaya devam edelim."

Bayılıyorum bu kızın özgür ruhuna. Fakat benim ruhum senin düşündüğün, benim sandığım kadar özgür değil galiba...

Hiçbir cevap vermedim, veremedim daha doğrusu. Sadece gülümsedim. Yeterli olmadı. Gözlerini gözlerime dikti.

"Söz ver bana. Senede bir gün bile olsa hayatımız boyunca buluşalım..."

Aklıma "Senede Bir Gün" şarkısı geldi, beynim mırıldanmaya başladı melodisini. *Söylemiştim, kapatma düğmesini yapmamışlar beynimin. Malzemeden çalmışlar...* Bir an o şarkıyı, o filmi ona anlatmak geldi içimden ama karşımdaki Amerikalı, nasıl anlatabilirim? Bir kelimeyle vereceğim duyguyu dakikalarca anlatmam gerek. Ne bunu yapasım var ne de bunu yapacak zamanım.

Hiçbir şey söylemedim. Söz falan vermedim, tutamayacağım sözleri vermek için fazla tecrübeliyim belki de...

Sadece gülümsedim... *Sen nereye çekersen çek...* Evet, kimi zaman çok politik olabiliyorum...

Son bir kez "İyi yolculuklar" diyerek sarıldım ve arkamı dönüp içimden "Senede Bir Gün" şarkısını mırıldanarak havaalanına doğru koşturmaya başladım.

Ben içeri girerken arkamdan seslendi.

"Bir sonraki buluşma yerimiz Lizbon... Unutma..."

Uçağıma bindim. Yapış yapış geçen dört günün sonunda yalnız kalmak aslında çok iyi geldi. *Yalnızlığımı özlemişim...* Kitabımı çıkardım. Daha birinci cümlede yorgunluktan okuyamayacağımı anladım. Sağ tarafıma baktım ve yan koltuğumun hâlâ boş olduğunu fark ettim. İşte o anda aklıma Hande geldi, yoksa yine o mu yanıma oturacak? İçimi bir heyecan dalgası kapladı. *Hani yalnızlığını özlemiştin, ne oldu?* Hande'ye Paris'ten ne zaman döneceğini sormamıştım. Zaten ne sordum ki? Telefonunu bile istemedim. *Çok cool'um ya...* Hâlâ kendime kızıyorum. *Nasıl yaparım bunu? Hakikaten bazen çok salağım...*

Her geçen saniye onun yanıma oturacağı hissi kuvvetleniyor. Hatta başkaları boş koltuğa oturmasın diye kitabımı ve iPad'imi koydum, çok işe yararmış gibi. *Bu koltuğun sahibi var ve sahibi belki benim sahibim olacak... Abartmayalım...*

Gözlerim uçağın girişinde, Hande'yi arıyor.

O Hande buraya gelecek...

O kadar eminim ki geleceğinden; gömleğimin yakasını ve saçlarımı düzeltiyorum. *Dört gün boyunca içmekten, gezmekten, sevişmekten bitap düştüğüm çok mu belli? Üzerime kızın kokusu sinmiş midir?* Üstümü koklamaya çalışıyorum... *Düştüğüm duruma bak...*

"Yanıma oturduğu anda ilk işim telefonunu istemek olacak, artık işimi tesadüflere bırakmam. Yok, önce öperim tabii ki. *Dudaklarını özledim...* Sonra hemen telefonunu alacağım. *Unutma...*" gibi düşünceler aklımdan geçiyor. "Sadece yarım gün boyunca gördüğüm birini nasıl olur da bu kadar isteyip özleyebilirim?" diyerek de düştüğüm duruma şaşırıyorum.

Uçağa binecek hissi o kadar kuvvetli ki, yanımda biri olsa onunla her şeyin üzerine iddiaya bile girebilirim. Gözlerimi uçağın girişinden ayıramıyorum. Hadi gel artık... *Sağ tarafım sana ait.*

Daldığım düşüncelerden, kurduğum hayallerden yanıma işadamı kılıklı bir Fransız'ın oturması ile çıktım. Adama itiraz edesim var: "Burası senin yerin değil."

Garip bir şekilde içimden Hande'ye söylendim: "Nerelerdesin? Nasıl oturmazsın yanıma?"

Ne oluyor bana? Nasıl bu düşüncelerin içine girdim? Hande'nin yanıma oturacağından nasıl oluyor da bu kadar emin hissediyorum kendimi ve o yanıma oturmadığı için ne hakla kızabiliyorum?

-5-

Havaalanından bir taksiye bindim ve eve doğru yola çıkar çıkmaz Murat'ı aradım. Her yolculuk sonunda, havaalanından çıkar çıkmaz birbirimizi arayıp, seyahatimizi anlatma gibi bir âdetimiz var. Evet, Murat benim neredeyse çocukluktan beri en samimi arkadaşım. Diğer arkadaşlarımız bizi tek görse "Ekürin nerede?" diye soracak kadar yapışık yaşıyoruz.

Murat telefonu açar açmaz soluksuz konuşmaya, daha doğrusu ardı ardına sorular sormaya başladı:

"Vay, sonunda döndün mü? Neler yaptın? Nasıldı Paris? Christina nasıldı? Yıkılıyor mu hâlâ? Niye hiç aramadın oğlum ya?"

Bu arada size New York'lu kızın adını hiç söylemedim galiba. Murat benden önce davrandı. Biraz geç oldu ama evet, adı Christina, ben Chris diye hitap ediyorum gerçi. Reina'da tanıştığımız gece tabii ki yanımda Murat da vardı. Chris'in yanındaki arkadaşına yürüdü tüm gece ama kız pas vermedi. Sevgilisi varmış. Bunu Murat'a söylediğinde Murat'ın pişkin cevabını unutamam: "Eee ne olmuş? Benim de bir sürü sevgilim var. Bak, ne kadar fazla ortak yanımız varmış..."

Murat sorularına cevap vermemi beklemeden konuşmaya devam etti.

"Neredesin sen abi?"

"Şimdi çıktım havaalanından. Yoldayım, eve gidiyorum."

"Tamam, o zaman iki saat sonra bizim barda buluşuyoruz. Bir şeyler içer, sohbet ederiz. Veya istersen doğruca bana gel."

"Ne dışarı çıkması? Manyak mısın oğlum? Yorgunluktan geberiyorum. Günlerdir sokaklardayım zaten Chris haşatımı çıkardı. Eve gidip dinleneyim biraz."

Murat'ın ısrarı beni öldürecek. Hiçbir zaman bu ısrarlarından galip çıkamadım. Eğer konu dışarı çıkmak, sürtmekse kabul ettirene kadar dayatma huyu var. Benim de ısrarlara dayanamayan yumuşak bir karnım...

"Çok konuşma, iki saat sonra buluşuyoruz. Hem sana anlatacak çok önemli haberlerim var. Bomba oğlum bomba... Sen yokken neler oldu neler. Şok olacaksın..."

"Of ya, tamam ama üç saat sonra ancak gelirim."

Bomba haber ne diye sormadım bile. Muhtemelen yeni bir kız bulmuştur. Onu anlatacak ballandıra ballandıra... Malımı bilirim ben...

***

Kendi kendime söylenerek hep buluştuğumuz bara geldim. *Çok yorgunum, ne işim var sokaklarda?...* Murat çoktan gelmiş, bara oturmuş, içkisini bile söylemişti. Anında sitem etmeye başladı.

"Yarım saattir buradayım, ikinci içkimi söyledim. Neredesin sen abi?"

"Oğlum söyledim ya sana üç saat sonra ancak gelebilirim diye... Sen zaten geldiğime şükret ölüyorum yorgunluktan. Bir de utanmadan söyleniyorsun, öküz..."

Sırtıma vurarak bir kahkaha attı.

"Gerçekten bitik görünüyorsun abi. Çok mu yordu seni Chris yenge? Yaşlanıyorsun oğlum sen, çaptan düştün..."

Bana sormadan barmenden bol buzlu bir Jamesson istedi.

"Nesini anlamıyorsun, yorgunum diyorum, içmeyeceğim."

"Anlatacaklarımı duyduktan sonra ihtiyacın olacak ama."

Artık ben de meraklanmaya başladım. Tamam, Murat'ın abartma huyları vardır ama bu kadar heyecanla anlatma isteğini ilk kez görüyorum.

"Hadisene oğlum anlat artık. Bak saçma bir şey çıkarsa altından kalkar giderim. Şimdiden söylüyorum."

Viskisinden koca bir yudum aldı ve sonunda anlatmaya başladı.

"Abi, âşık oldum ben."

"Yeni bir şey söyle... Bu kaçıncı aşk hikâyen. Ben bile sayamıyorum artık."

"Ne alakası var? Ne zaman âşık oldum şimdiye kadar?"

"Bak sayarım hatırladıklarımı, utanırsın. Ayşe vardı, Selin vardı, sonra mimar bir kız vardı adını unuttum, hani uzun boylu olan."

"Didem'i diyorsun, evet çok hoş kızdı."

"Devam edeyim mi? İngiliz kız vardı, ha bir de çok konuşan biri vardı Ayça mı Ayçe mi neydi ismi?"

Şu isim hafızamın içine edeyim, hiçbir zaman aklımda isim tutmayı beceremedim. Gerçi Murat benden beter...

"Aysun'du galiba, ne bileyim abi. Onlar başka bu başka. Ben sana âşık oldum diyorum, sen bana oturmuş ilişki şeceremi çıkarıyorsun. Adli kayıt istemedim ki senden. Bir dinlesen anlayacaksın beni."

Murat bunları söylerken barın diğer tarafına tam göz hizamıza iki kız geldi. *Fena da değillermiş*. Gözucuyla onlara bakarken Murat'ı dinlemeye devam ediyorum. İşin garip tarafı Murat kızlarla hiç ilgilenmiyor. Ya bu çocuk hasta ya da fena kaptırmış kendini. *Bu işte bir gariplik var. Yavaş yavaş inanmaya başlıyorum sana*.

"Sen Paris'teyken Serra'nın doğum günü partisine gittim. Orada tanıştım hayatımın aşkıyla."

"Of, unuttum Serra'nın doğum gününü, aramadım bile kızı. İnsan bir hatırlatır. Ne öküz herifsin sen."

"Öküz diyene bak. Ben sana hayatımın aşkını buldum diyorum, sen doğum günü diyorsun. Vallahi anlatmayacağım."

Kahkahalarla gülmeye başladım.

"Tamam, bu sefer gerçekten sustum ve seni dinliyorum."

"Neyse, Serra tanıştırdı. Çok güzel bir kız. Anlatamam sana inanılmaz hoş. Bir anda vuruldum. Tüm akşam boyunca hiç durmadan sohbet ettik, sonra geceye beraber devam ettik. Âşık oldum ben abi. Bu seferki gerçek."

"Adı ne şanslı kızın? Gerçi şanslı mı şanssız mı bilemedim ama..."

"Nevin."

"Peki, Nevin yengemiz senin hakkında ne düşünüyor? O da âşık mı sana?"

"Evet abi. Aynı şeyleri hissediyoruz."

Gerçekten şaşırdım.

"Oğlum dört günde neyi anladın? Bir görüşmede nerelere gittin?"

Bunları söylerken bir anda aklıma Hande geldi. Duraksadım ve devam ettim:

"Gerçi sana bu ne acele diyorum ama ben de Paris'e giderken uçakta birisiyle tanıştım. Neyse konumuz bu değil şimdi. Anlatırım sonra."

Anlatacaklarına ilgisini o kadar yoğun vermişti ki, benim uçakta bir kızla tanışma vurguma tepki bile göstermedi.

"Bir görüşme değil ki sadece. Gerçi ilk görüşte âşık oldum orası ayrı. Ama o akşamdan beri neredeyse hiç ayrılmadık. İlk defa onsuz sokağa çıktım, o da sana anlatmak için. Bir saat sonra tekrar buluşacağız. Gözüm başka bir şey görmüyor abi."

Adam gerçekten etkilenmiş bu kızdan ve daha da fazlası âşık olmuş. Anlatırken gözleri parlıyor.

"Sen şimdi evlenirsin de bu kızla..." diyerek gülmeye başladım. "Yok artık, abartmayalım" diyeceğinden o kadar eminim ki.

Ama o çok ciddi bir surat ifadesiyle, "Aslına bakarsan düşünüyorum abi" dedi.

Dünya tersine döndü, duyduklarıma inanamıyorum. İstanbul'un en çapkın, şıpsevdi adamı karşıma geçmiş neler söylüyor! Elimi alnına götürdüm, ateşine bakar gibi yaparak, "İyi misin sen, bir doktora falan mı görünsen? Gerçi bugün pazar, en iyisi acile götüreyim seni" dedim.

"Nikâh dairesi beni iyileştirir ancak. İyiyim, hem de çok iyiyim. Hatta hiç bu kadar iyi olmamıştım. Dur, sana resmini göstereyim Nevin'in."

Telefonunu eline alır almaz yüzünde bir gülümseme belirdi.

"Benim güzel Nevin'im mesaj atmış bana... Canımmmm... beni çok özlemiş. Ben de seni çok özledim aşkım..."

Elimi ağzıma götürüp, kusma mimikleri yaptım.

"Ne kadar romantiksiniz... Midem bulandı, biraz daha devam edersen kusacağım."

Instagram'a girip resimlerini göstermeye başladı, ama her resimde itiraz ediyor: "Normal hali çok daha güzel abi, o benim kanatsız meleğim..."

"Bir kızın en güzel hali, üzerinde oynamış olduğu Instagram resimleridir, bunu en iyi bilenlerden birisin" diyemedim. Onun yerine, "Evet, çok güzelmiş yengemiz. Allah sahibine bağışlasın" dedim.

"Âmin..."

Evet, o an anladım en samimi arkadaşımı, gece yoldaşımı, ekürimi kaybettiğimi... Her bekâr erkeğin başına gelebilecek en kötü şeyin başıma geldiğini...

İçkilerimizi içerek konuşmaya devam ettik. Nevin'i dinlemekten sıkılmaya başladığımı fark eden Murat sonunda konuyu değiştirdi.

"Eee sen anlat bakalım, neler yaptın Paris'te. Chris yengemiz nasıl?"

"Çok eğlendik. Aynı şeyler işte; yedik, içtik, gezdik, bolca seviştik... Bu arada Chris'in selamı var, kız arkadaşlarıyla tanıştıracakmış seni New York'a bekliyor."

"Aleykümselam... Biraz geç kaldı."

Kahkaha atarak devam ettim.

"Bekârlığa vedanı New York'ta yaparız artık."

"Bırak şimdi benimle dalga geçmeyi. Ha sahi, sen biraz önce uçakta birisiyle tanıştım gibi bir laf etmiştin? Ne oldu? Yine rahat duramadın mı?"

Aklıma yine Hande geldi, zaten korku filmlerindeki arsız hayaletler gibi ansızın ortaya çıkıyor hayali...

"Evet, Paris'e giderken uçakta tanıştık. Yanımda oturuyordu. İnanılmaz etkilendim. Sonra akşam yemeğini birlikte yedik, saatlerce sohbet ettik."

"Nasıl yani? Chris'i nasıl ektin?"

"Yok oğlum, ne ekmesi? Chris ertesi sabah geldi. İlk gece ben tek başımaydım. Söylemiştim ya sana, nerenle dinliyorsun beni?"

"Unuttum gitti, sanki bir hafta sonu değil ay geçmiş gibi. Nevin dışında bir şey düşünemiyorum ki abi. Yemek yediniz, peki sonra? Götürdün mü abi kızı?"

"Yuh, öküz! Ben sana Nevin'i götürdün mü diye soruyor muyum?"

"Pardon abi... O derece etkilendim diyorsun, yenge yani? Bak merak ettim kızı şimdi. Resim var mı resim?"

"Bırak fotoğrafını, kızın telefonu bile yok bende. Geçirdiğimiz birkaç saatin hayali hariç hiçbir şey yok anlayacağın."

Söylediklerimi taklit ederek benimle dalga geçmeye başladı:

"Vayyy! Laflara bak. Yok geçirdiğimiz birkaç saatin hayaliymiş, yok çok etkilenmişmiş. Oğlum, o kadar etkilendiysen niye almadın kızın telefonunu? Sen hep demez misin bir kızla tanıştığında sıcağı sıcağına telefonunu alacaksın diye. Neyse Facebook'tan, Instagram'dan buluruz."

Kendime yine kızmaya başlıyorum.

"Nah buluruz! Soyadını bile bilmiyorum."

Kahkahalar atmaya başladı.

"Adını da bilmiyorum deme."

"Hande. Tek bildiğim adı ve kokusu."

"O zaman ne diye dert ediyorsun abi, buluruz Hande'yi..."

Bir an için umutlandım. Murat'a nasıl olacak o iş diye baktım. Kahkahasına bir kat daha ekledi:

"Resmini çek kokusunun, ilan verelim gazeteye."

Düştüğüm duruma ben de gülmeye başladım.

Bu arada barın karşı tarafındaki kızlar hâlâ orada ve hâlâ yalnızlar. Arada bir gözüm onlara kayıyor.

Murat, "Hadi birer tane daha içelim, sonra ben Nevin'le buluşmaya kaçarım" dedi ve içkileri söylemek üzere bara doğru döndü. Kızları işte o anda fark etti.

"Abi, saat dokuz yönünde yıkılan iki kız var..."

"Hoş geldin Murat..."

Yok, henüz kaybetmemişim arkadaşımı...

Kızlara sanki onları yiyecekmiş gibi bir kez daha bakıp iç geçirerek, "Ben birazdan kaçıyorum abi, hatta acil olarak gideyim ben. Biraz daha bu kızların yakınında durursam yoldan çıkarım, elimden bir kaza çıkar sonra. Kendimi iyi tanıyorum. Hem birazdan Nevin'imle buluşacağım" dedi.

Murat'a "Oğlum, sana ne oldu?" bakışı attım. Galiba erken konuşmuşum. *Yok gitmiş, kaybetmişim arkadaşımı...*

Bakışlarımdan sorumu anladı ve cevap olarak en masum haliyle, "Söyledim sana, âşığım ben... Çapkınlıktan ve gece hayatından emekli oldum. Sana başarılar. Bu arada sarışın kıza yürü, daha garanti gibi duruyor" dedi.

"Hangi sarışın? Oğlum salak mısın yoksa renkkörü mü? Bu kızların ikisi de sarışın. Zaten İstanbul'daki kızların neredeyse yarısının saçları sarı ama bir bakıyorsun bu kadınların çocuklarına hepsi kapkara esmer. Sanırsın babaları zenci..."

"Dip boyası gelmiş olan sarışın kızı kastediyorum."

"Sen gerçekten bir tuhafsın bugün, şimdi de kuaför mü kesildin başımıza?"

"Of abi, sen ya çok yorgunsun ya da gerçekten salaksın. Soldaki kızı kastediyorum, mini etekli olan. Ona yürü..."

Kızlara bir kez daha baktım. Sağ tarafta duran kız Murat'ın gösterdiği kızdan bariz çok daha güzel. Ama bizimki her erkek gibi güzel kızdan reddedilme korkusuyla çekinip, aklı sıra sağlam ata oynuyor. Tipik bir erkek yanılgısı yani...

Dayanamayıp itiraz ettim.

"Oğlum sana kaç defa daha söylemem lazım. Her zaman gruptaki en güzel kıza gideceksin. Diğer kızı daha kolay ayarlayacağını sanıyor olabilirsin ama senin gibi düşünen çok erkek var. Buraya girdiğimizden beri en az üç adam senin hedef gösterdiğin kıza gitti, birkaç tanesi de uzaktan kesiyor. Ama güzel olan arkadaşına hiç giden yok. Zavallı kızın canı sıkıldı, özgüveni sarsıldı. Vasat kızın ise ego tavan, şımardı. Seçeneklerden kafası karıştı ve şımardı. Ondan hiçbir bok olmaz bu saatten sonra. Hani bir laf vardır ya 'Kızda çirkin şansı var' diye, aslında bu laf muhtemelen böyle durumlardan çıkmış olabilir.

Murat gülmeye başladı:

"Sen iki saattir beni mi dinliyordun yoksa etrafı mı kesiyordun?"

"Her ikisini de yapabiliyorum ben. Hatta aynı anda sakız çiğneyip konuşabilirim de. Senin gibi beceriksiz mi sandın beni?"

"Neyse, hadi kıza yürü bakalım çapkın dedektif."

Murat kalan içkisini bir dikişte bitirdi ve bir kumarhane krupiyeri edasıyla "Bol şans" diyerek hesabı ödemek için bara döndü. O daha arkasını döner dönmez sarışın kızın (sağdaki, dip boyası gelmemiş, güzel olan) yanına gittim ve yüzümde kocaman bir gülümsemeyle "Merhaba..." dedim.

Yakından daha da güzel olduğunu fark ettim. Ama kız ani gelişimden şaşırmış bir halde "Yanımda ne işin var senin?" tavrıyla baktı. Resmi ses tonuyla cılız bir merhaba dedi ve gözlerini kaçırdı.

Acele bir şeyler söyleyip bu güzel kızı güldüremezsem, kuş olup uçacak. Ben de kös kös geri döneceğim. Ayrıca, arkamda gözlerim yok ama Murat'ın beni seyrettiğinden eminim. "Bak işte yanlış hedefe ok attın, ben sana söylemiştim geri zekâlı. Her şeyi çok iyi bilirsin ya" laflarıyla alay etme tehlikesi var. Soğuk merhabasının hemen ardından gülümseyerek konuşmaya başladım. Zaman bu gibi durumlarda çok değerli, hatta ilk birkaç saniye kızın tüm kararlarına etki edecek.

"Kusura bakma, bir anda yanına geldim ama dayanamadım işte... Çok sıkıldım ve senin de benim kadar sıkıldığını fark ettim. Birlikte sıkılırız diye düşündüm."

Gülmeyin bana... Evet, bazen çok ucuz giriş replikleri kurabiliyorum...

Eğer bu lafın üzerine kız benimle konuşmazsa daha doğrusu soru sormadan bir cevap verirse geçmiş olsun demektir. Murat'ın dalga geçmesine hazır olun. Ama durun bir dakika kızımız hafif hafif yumuşamaya başladı gibi.

"Sıkıldığım dışarıdan o kadar belli oluyor mu?"

Evet, birinci çinko. Soru sorarak cevap verdi. Ucundan kapıyı araladım.

"Telefonunu ikide bir kurcalamanı, saatine bakmanı ve 'Burada ne işim var?' bakışlarını saymazsak hiç belli olmuyor..."

Evet, kapı daha da aralandı, gülmeye başladı saç boyası gelmemiş, sarışın, sağdaki güzel kız. Soru sormaya devam etti.

"Peki ya sen? Hiç sıkılmış gibi görünmüyordun, arkadaşınla hararetli bir konuşma içindeydin.

İkinci çinko, dikkatini çekmişim ve işin güzel tarafı bunu söyleyebiliyor yüzüme. Kapı açıldı gibi...

"İçeri girdiğimden beri arkadaşımın âşık oluşunu dinledim. Evet, onun için seviniyorum ama bir yerden sonra da sıkıcı olmaya başlıyor aynı muhabbet. Biz erkekler sizin kadar detaylı aşk hikâyeleri duymayı sevmiyoruz galiba. Ayrıca insanın canı da çekiyor."

Gülmeye başladı:

"Kıskandın mı arkadaşının âşık olmasını? Yoksa aşka alerjin mi var senin de her erkek gibi?"

Ne diyeceğimi bilemedim, aklıma yine Hande geldi, kafam yine karıştı. *Hayalin hep hortlamak zorunda mı Hande?*

"Ucundan yaklaşmıştım ama kaybettim izini" demek geldi içimden ama sustum zaman kazanmak için:

"Sen olsan kıskanmaz mıydın?"

"Belki de... Bilmem... Ama sen hâlâ soruma cevap vermedin. Demek ki senin de alerjin var?"

Biraz daha hafif konular içine girmek istiyorum, ağırlaşmanın bir anlamı yok. Bu akşam canım gülmek, eğlenmek istiyor. Ağır konulara girip, ciddi ilişki arayışında bir adam havasına girmemem, kızı da dönülemez noktaya sokmamam gerek. Bir ilişki nasıl başlarsa öyle gider. Sonrasında ağzınızla kuş tutsanız değişmez. Bir erkek ilk tanışmada gayri ciddi, fırlama takılırsa ve karşısındaki kız bunu kabul ederse ilişki bu şekilde gittiği yere kadar gider, ayrıca erkeğin ilerleyen zamanlarda daha ciddi bir ilişkiye gitme hakkı da cebindedir. Fakat şayet olaya ciddi tavırlarla girip ve sonraları bu havasını düşürüyorsa bu durumu hiçbir kadın asla ama asla kabul etmez. "Başlarda böyle değildin çok değiştin sen" lafını biz erkeklerin çok duymasının en büyük sebebi de aslında bu değil midir? Bu arada ilişkiden kastım ille de haftalar, aylar süren ciddi birliktelikler değil. Zaten bir dakikalık, saatlik, günlük olan görüşmeler de ilişki değil mi? Bire bir özelinizi paylaştığınız her tanışma, her paylaşım da kendi çapında bir ilişki sayılmaz mı?

Neyse; hem karşımdaki güzel sarışının ilgisini yakalamış olmanın rahatlığı hem de başlangıç seviyesinin sesini ayarlamak için sohbeti başka yöne çevirmek istedim. Saklamaya çalışmadığım çapkın bakışlarımla, "Evet var, kaşıntı yapıyor. Bak yine başladı kaşıntım..." dedim.

Ve gözlerine bakarak boynumu kaşımaya başladım. Söylemiştim size "Etkilendiğim kızla konuşmayı beceremezken, diğerlerine şakıyorum" diye...

Yüksek sesle gülmeye başladı. Ve tombala! *Yakaladım seni…*

Barmene uzaktan elimi kaldırıp bir beyaz şarap ve kendi içtiğim içkiden sipariş ettim. Şaşırdı…

"Ne içtiğimi sormadan nasıl bildin?"

Bir kadına "Ne içersin? Ne yersin? Nereye gidelim? Ne yapalım?" gibi soruları mümkün olduğunca sormaması gerekir bir adamın. Tüm bunları, karşısındaki kadını dibine kadar hissetmesi ve bilmesi gerek. Hayat zaten bir kadına tek başına zor ve önemli kararlar aldırtıyor, arada basit kararsızlıklarını hafifletmek de o adamın görevi. Yoksa biz erkeklerin geriye ne işi kalıyor ki? Bu arada daha onun yanına gitmeden önce, elinde tuttuğu kadehi gördüğümü tabii ki de ona söylemedim. Aramızda kalsın…

"Sana şu an en çok beyaz şarap yakışır gibi hissettim sadece." *Hile mi yapıyorum yine? Hayat küçük hileler yapınca büyük eller veren bir casino bazen…*

Etkilenmişti benden, bunu bakışlarından, vücudunu tam karşıma getirişinden, ellerini daha sık saçlarına götürüşünden fazlasıyla belli ediyordu. Konuşmaya devam ettim:

"Seninle konuşmak çok güzel geldi bana, saatlerdir arkadaşımdan duyduğum vıcık vıcık aşk hikâyeleri yordu beni. İyi ki senin güzel limanına sığındım. Ayrıca bu gemiyi kabul ettiğin için çok teşekkür ederim…"

"Sığındığım liman derken? O kadar eminsin yani sığınabileceğinden? Hem güvenilir bir liman olduğumu da nereden çıkardın?"

Ona doğru yaklaştım, sigara ve şarapla karışmış kokusunu hissettim. Elimi beline hafifçe dolayıp kendime çektim, kayıtsız kalmadı o da bıraktı kendini ve kulağına fısıldadım:

"Ben güvenilir limansın demedim... Çok güzel bir limansın dedim..."

Ve o güzel limana demirledim o gece... Dalgasız, akıntısız, çalkantısız limanda geceledim. Okyanus beni çağırırken ben yine sakin, duru, tehlikesiz, kıyılara yakın sularda mola verdim.

-6-

Sonraki birkaç hafta Murat'la Nevin'in aşkını saymazsak çok sıradan geçti. Hande'nin varlığı yavaş yavaş azaldı. Gece hayatından, barlardan tanıştığım yeni kızlar gönüllü hayalet avcılarım oldu. İş seyahatlerim için yaptığım uçak yolculukları dışında Hande aklıma neredeyse hiç gelmemeye başladı.

Sonraki birkaç hafta hiçbir şey değişmedi hayatımda; yine eve yalnız gelişlerim, yine kapıyı anahtarla açışlarım, yine böyle olmamak için hayali çabalarım. Bu duruma düşmemek için arayışlarım. Kapıyı artık biri mi açsa sorgulamalarım. Önüme gelen seçeneklere acaba diyen bakışlarım. "Bu mu acaba?" deyip kendimi sahte inandırışlarım.

Şayet bir kadınla geldiysem de; yine "Ne gerek vardı?" demelerim, pişmanlıklarım, yalan sevişmelerim, yabancı sarılmalarım. Bir an önce yalnız kalma çabalarım, bahanelerim...

Ve en kötüsü ne biliyor musunuz?

Bu duyguların içine girmemek için sorgulamadığım yalnızlığım.

Yine yanlış anladınız, ben sorgulamadığım yalnızlığımı aslında çok ama çok seviyorum. Çok mutluyum bu halimle... Seviyorum, çünkü ben bir erkeğim. Anı yaşayıp, geçmişimizi, geleceğimizi sorgulamayan bir yazgımız var bizim. Bu lanet mi yoksa bir hediye mi bilmiyorum. Tek bildiğim bunu kabullenmek ve tek yaptığım bu duyguyla mutlu yaşamaya çalışmak.

Böyle mutlu yaşayabilmenin formülü; hayatı sıradanlaştırabilmekten geçiyor. Ben de bunu yapmayı inanın çok iyi beceriyorum...

İşte sonraki birkaç hafta en iyi yaptığım şeyi yaptım; hayatıma kendimi kandırdıklarıma inanmakla devam ettim...

Murat ile eskisi kadar olmasa da akşamları çıkmaya devam ettik. Gerçi haftada dört beş akşamdan iki üçe düştük ama buna da şükür...

Bu arada Nevin ile tanıştım. Her ne kadar arkadaşımı çalma planları içinde olsa da sevdim bu kızı. Önceleri ne yalan söyleyeyim, sorguladım Nevin'i "Bu kadının da derdi Murat'ı önce sevgili yapıp sonra kocaya dönüştürmek mi?" diye. Fakat sonraları Murat'a bakışlarından onun da âşık olduğunu anladım. Hatta kadını o kadar samimi ve doğal buldum ki, bu sefer farklı irdeledim kızcağızı "Murat'la ne işi var?" diye.

Murat'ın daha önceki kız arkadaşlarının birçoğunu doğal bulmamış ve pek sevememiştim. O zamanlar Murat'a hep takılırdım "Ne işin var oğlum bu kızla?" diye ve ondan gelen cevap hiç değişmezdi: "Gönül bu; ota da konar, boka da." Fakat şimdi durum tamamen değişmiş; gönül ota konmuş, bok şok...

Gerçi biraz fazla yapış yapış, el ele ve dudak dudağalar ama gözleri parlıyor ikisinin de.

Nevin'in karakteri, yaptığı mesleğe tam uymuş; biraz ters ve oldukça sert biri. Hep sorgulayan, biraz da çok konuşan, yaptığı mesleğe de çok yakışan... Yani ideal bir avukat. Oldukça güçlü bir duruşu ve karakteri var. Kesinlikle tam Murat'a göre. Her ne kadar bunu kabul etmese de Murat'ın dağınık yaşantısının güçlü bir kadın tarafından yönetilmesi şart. Eğer biri olacaksa hayatında. *Olmalı mı? Bu da ayrı konu.* Nevin en doğru kadın. Birbirlerine tip olarak da yakışıyorlar, hani iki insanı görür görmez "Hah tamam, bunlar olmuş" deriz ya işte bunlar tam öyleler, olmuşlar. *Ne gerek varsa...*

İşte böyle geçti günler; size daha önce bahsettiğim sarışın kız gibi sığındığım limanlar, arada bir halat attığım marinalar, hedeflediğim ama hep erteleyip bir türlü çıkamadığım o engin denizler, okyanuslar, kısa molalar verdiğim kendini kalabalık sanan yalnızlıklar. Ve hissettiğim durumun en tuhaf yanı da ne biliyor musunuz? Buna benzer sorgulamaları yaptığımda zihnimde beliren Hande... Beni şaşırtıyor onun ortaya çıkan hayali. Belki de yeni bir bahane buldum aşktan kaçışlarıma, bilmiyorum. Yoksa bir daha asla göremeyeceğimi bildiğim bir kızı kutsallaştırıp, önüme gelebilecek, tanışabileceğim tüm acaba seçeneklerimi alt etmeye mi çalışıyorum? Kim bilir belki de özgürlük çığlığımın zihnimde oynadığı yeni bir oyun bu... Aşktan, ciddi ilişkilerden kaçmama güzel bir mazeret...

Beynimde kurduğum tek kişilik cumhuriyetime hayali bir başbakan olarak Hande'yi mi atadım yoksa? Onun arkasına sığınıp devam eden kaçışlarıma yeni mazeretler mi buluyorum?

Hatta şunu bile sorguladım kendimde: Belki de Hande'nin telefonunu istemeyişimin bilinçaltı sebebi ona karşı hissettiğim duygulardan ürkmem ve yaşayabileceklerimden korkmamdı. Sonra "Yok, o kadar da değilimdir" diyerek rahatlatmaya çalıştım kendimi. *Umarım değilimdir.* Başıma bir de şizofrenlik çıkmasın durduk yere, gerçi hangi delirmiş kişi "Evet ben deliyim" demiştir ki?

Sonraki haftalar kişiye ve bakışa göre değişen bir sinema kanalı gibi geçti. Kimine göre romantik komedi, kimine göre dram hatta bazılarına göre erotik bir film. Hande'nin hayali "aşksavar" olmak dışında kaybolmaya başladı. Arkadaşlarıma söylediğim "Alarm kurdum ben, aşka çeyrek kala çalıyor ve ben uyanıyorum" cümlem yerini Hande bahanesine bıraktı. *Teşekkürler Hande...*

Yine kimine göre böyle sıradan bir akşam, yine yanımda yalnızlığımı kandıran sarışın kızla "Ne gerek vardı ki kızı eve getirdim?" deyişlerimle, tam kapımı açarken, aradığım kızı yollama bahanesi telefonumun çalmasıyla kucağıma düştü.

Saat gece on bir civarı ve arayan Murat. Hayatımıza Nevin girmeden önce (N.Ö.) Murat bu saatlerde ararsa bunun iki nedeni olurdu:

1. Ya çok sarhoş ve başı belada.

2. Ya da yanında iki kız var ve tabii ki kızlar çok güzel. (Yeterince sarhoş bizimkisi.) Yani beni yanına yancı olarak istiyor.

Fakat şimdi hayatında Nevin var, işler değişti. Bu durumda:

1. Ya Nevin'le kavga etti.
2. Ya da Nevin'le kavga etti.
3. Veya ben hiçbir şey bilmiyorum.

Çalan telefonumu kapıyı açar açmaz söylenerek cevapladım, konuşmasına bile fırsat vermeden heyecanla sordum:

"Ne oldu? Her şey yolunda mı?"

Gayet sakin bir ses tonuyla cevap verdi:

"Neredesin abi?"

"Şimdi eve girdim. Söylesene oğlum, her şey yolunda mı?"

"Hem de çok yolunda... İnanamayacaksın ne yaptığıma."

"Yine ne yaptın? Çatlatma adamı. Başımı yine belaya soktum deme bana."

Gülerek cevapladı:

"Belki de soktum, henüz bilmiyorum, orasını sonra göreceğiz... Neyse, yüz yüze anlatmam gerek. Şok olacaksın... Bomba bir hareket yaptım abi, bomba... Yarım saate sendeyim..."

Ben cevap bile veremeden telefonu yüzüme kapattı. Sesinden oldukça keyifli olduğu belliydi. Evet, üçüncü seçenek doğru çıktı: "Ben hiçbir şey bilmiyormuşum..."

Tüm konuşmalarımızı duyan sarışın kıza döndüm, tam "Senin de anladığın gibi arkadaşım acil olarak bana geliyor, kusura bakma lütfen, başka zaman tekrar görüşürüz" diyecektim ki o benden önce konuşmaya başladı:

"Duydum canım, istersen bana bir taksi çağır. Önemli bir şey anlatacak galiba, rahatsız etmeyeyim ben sizi."

Bunları o kadar güzel ve anlayışlı bir şekilde söyledi ki, öncesinde yollamak için bahaneler düşünmeye başladığım bu kızın kalmasını istedim. Hem Murat'ın anlatacakları eğlenceli gibi görünüyordu, yanımızda güzel bir kadınla çok daha keyifli bir gece olur diye düşündüm.

"Saçmalama, hiçbir yere gidemezsin, daha gece başlamadı bile. Hem en samimi arkadaşım, tahmin bile edemediğim bir şeyler anlatacak, merak etmiyor musun?"

Kızın benden beklemediği cevaba şaşırdığı ve mutlu olduğu gözlerinden okunuyordu:

"Hem de çooook..."

Ne meraklı varlıklarsınız siz kadınlar. Varlığınızın üçte ikisi merak, kalan kısmı ise kıskançlıkla kaplı.

***

Murat yarım saat bile geçmeden yaramaz bir çocuk gibi arsız arsız zili çaldı. Kapıyı koşturarak açmak zorunda kaldım. İçeri girer girmez heyecanını hissettim ama yüzü gülüyordu. Susturmasam daha kapıda anlatmaya başlayacak kadar sabırsız bir haldeydi. İçeri, salona geçtik ve girer girmez sarışın kızı gördü, muhtemelen yalnız olduğumu sanıyordu. Biraz şaşırdı ve ona doğru ilerleyerek, "Kusura bakma ben bu hıyarı yalnız sanıyordum. Kara kedi gibi aranıza girdim. Vallahi özür dilerim. Oğlum söyleseydin ya yanımda çok güzel bir kız var diye... Bu arada ben Murat..." dedi.

Sarışın kız elini uzatıp adını söylerken lafa ben atladım:

"Çok fırsat verdin sanki? Yüzüme kapattın telefonu. Hem sanki söylesem gelmeyecektin."

Murat beni umursamadan kıza dönerek devam etti.

"Ben seni bir yerlerden hatırlıyorum, kesin tanıştık daha önce."

Kız cevap vermeden ben atladım yine lafa:

"Hayır, tanışmadınız ama görmüştün. Benim Paris dönüşümde, seninle bizim barda buluştuğumuz akşam tanışmıştım. Hani sen başımın etini Nevin'i anlatarak yerken. Gerçi o sırada sen tam çıkıyordun bardan."

"Aaa tamam, şimdi hatırladım. O meşhur kız sensin yani."

Beni gösterip, çaktırmadan göz kırptı ve konuşmaya devam etti:

"Sevgili arkadaşım devamlı senden bahsediyor, ama sen anlattığından da güzelmişsin..." *Yalancı, yalaka...*

Kızcağız ne diyeceğini şaşırmış ve biraz da utanmış bir haldeydi. Ama lafını esirgemedi.

"Uydurma Murat, bu sevgili arkadaşın daha ismimi bile doğru dürüst hatırlamıyor ve telefonlarıma da cevap vermiyor."

Ben cevap bile veremeden Murat konuşmaya başladı:

"Ne tesadüf benimkilere de cevap vermiyor. Seni çok sevdiği için radyasyon alma diye aramıyordur. Neyse, oğlum bir şeyler içmiyor muyuz? Hadi bize içki getir. Anlatacaklarım var. İnanamayacaksın."

Söylenerek içkileri hazırlamak için mutfağa gittim:

"Bıktım oğlum senin 'İnanamayacaksın!' demelerinden. Bir kere de sakin bir hayat yaşa. Nefes alışın bile abartılı. Sanırsın adam James Bond..."

Murat arkamdan kahkaha atarak, pişkin pişkin bağırdı:

"Aynen abi, benim de adımı unutmuşsun, hatırlatayım. Adım Bond, Murat Bond..."

İçkilerle içeri girer girmez anlatmaya başladı.

"Akşam Nevin'le yemeğe gittik, hani Etiler'de yeni açılan bir İtalyan restoranı var ya, işte oraya... Bu arada mekân çok iyi abi, ortam yıkılıyor, yemekler de muhteşem. Kesin gidelim hatta double date yapalım dördümüz."

Murat'a kız görmeden "Ne double'ı oğlum?" bakışı attım. Şimdi ne alaka kızı ciddi bir ilişki içindeymiş havasına sokuyoruz ki? İlişkisinin ciddi bir yere gittiğini sanan bir kızı geri döndür sonra kolaysa. O baştaki eğlenceli kız yerini üstüne düşen, şefkatli, irdeleyen kıza bırakır. Buna da hiç niyetim yok. Tabii ki hemen müdahale ettim.

"Sen şimdi boş ver yemeği de restoranı da, anlat şu bomba haberi."

"Sen her lafıma maydanoz olmazsan anlatacağım. Bir sus abi ya. Nerede kalmıştım?"

Sarışın kız konuya girdi.

"Beraber dördümüzün akşam yemeği programını yapıyordun. Bu arada haftaya cuma dışında her gün uyar bana."

Bana dönüp göz kırptı. Gerçekten fırlama bu kız...

Murat kahkaha atmaya başladı.

"Abi çok sevdim bu kızı, o zaman cumartesi hep beraber çıkıyoruz. Nevin'le çok iyi anlaşırsınız siz. Program bende."

Yapacak bir şey yok, kızın rahatlığı hoşuma gitti ve ben de gülmeye başladım.

"Hatta hep birlikte tatile falan mı gitsek?"

Kızdan yine okkalı bir cevap geldi:

"Önce beni ailemden istemen gerek hayatım."

Murat yüzünden girdiğim konulara bak...

"30 Şubat'ta istemeye geliyorum canım söz..."

Kız da kahkahalarla güldü.

"30 Şubat olmaz, 31 Şubat yapsak?"

Murat lafa atladı:

"Ya sonra ayarlarsınız isteme gününü, şurada heyecanla bir şey anlatıyordum içine ettiniz."

İkimiz de aynı anda dudaklarımız kilitli mimiği yaptık ve sustuk.

"Neyse yemekte kalmıştık. Ben biraz erken gittim, tam içkimi söylerken Nevin'im girdi içeri. Bir kız bu kadar mı güzel olur, tamam gerçi Nevin'im hep güzel ama bu akşam bir başka güzeldi. Bembeyaz uzun bir elbiseyle gelmiş. Kuğu gibiydi. Benim güzel kuğum..."

Murat dalmış sanki o anı yaşar gibiydi, yine dayanamadım.

"Nevin yengemizin güzelliğini mi anlatmaya geldin? Hızlı sarma düğmen de yok ki senin."

Murat'ın "Sus!" bakışıyla lafımı kestim.

"Sana ne abi? Anlasana âşığım işte. Saatlerce anlatabilirim Nevoş'umu... Neyse masaya oturduk. Her şey çok güzel, şarabımızı seçtim ve yemeği söyledim. Ortam süper. Bir yandan da Nevin'den gözlerimi alamıyorum. İşte tam o anda olan oldu, Nevin'in elini tutmak için elimi uzattım ve bil bakalım ne oldu?"

Parmağımı sorunun cevabını bilen inek öğrenci gibi ısrarla kaldırdım. Murat da bir öğretmen edasıyla başıyla cevapla der gibi yaptı.

"Ellerini tuttun..."

"Git başımdan oğlum ya. Otur, sıfır! Amacım oydu ama başaramadım. Elim masadaki bardağa çarptı ve koca bir kadeh kırmızı şarap Nevin'imin üstüne döküldü."

Kızla beraber kahkahalar atmaya başladık. Neredeyse gülmekten elimdeki içkiyi kızın üstüne döküyordum. *Karma sen nelere kadirsin...*

"Oğlum sen ne kadar sakar bir herifsin."

Gülmekten yere düşecek gibi duran kıza dönüp, "Gerçi bu salağın, eski sevgilisinin doğum gününde pastayı kızın üstüne düşürme hikâyesi de var. Kızın sana attığı tokadı unutmam mümkün değil. Çektiğim fotoğraflar hâlâ telefonumda, hiçbirini silmedim. Moralim bozuldukça tekrar tekrar bakıyorum. Dur bak sana da göstereyim..." dedim.

Resimleri kıza göstermek için telefonumu elime aldığım sırada Murat anlatmaya devam etti. Telefonu bırakıp dinlemeye devam ettim ben de.

"Sana bin kere sil dedim o resimleri. Zaten anında Facebook'a ve Instagram'a koyduğunu da unuttum sanma. Elbet bir gün ben de senin bir açığını yakalarım. İntikam sıcak yenen bir yemektir."

"Geri zekâlı, intikam soğuk yenir."

"Ben sıcak yiyorum belki, sana ne abi? Dur abi, daha devamı var hikâyemin. Gerçi niye anlatıyorsam sana bunları yıllarca dalga geçeceğini bile bile!"

Dudaklarımı büzerek "Çok masumum ben" bakışı attım.

"Tamam abi, söz veriyorum az dalga geçeceğim. Hadi devam et."

"Üstüne şarap dökülen Nevin refleksle çığlık atarak ayağa fırladı. Beyaz elbisesinin yarısından fazlası kırmızı şarap olmuş. Sanırsın ki milli maç forması giymiş. Millet de bu arada dönmüş bize bakıyor. Rezil oldum."

Yine dayanamadım:

"Türkiye, Türkiye diye bir üçlü çektirseydin millete."

"Ha ha ha çok komik. Çakma, Çin malı Cem Yılmaz mısın oğlum sen? Neyse, hemen ayağa kalktım peçeteyle üstünü silmeye çalıştım. Tam o sırada kıçım masaya çarptı. Masadaki mum devrildi. Neredeyse masa örtüsü tutuşacak, elime çiçekleri koydukları vazo geçti ve onu mumun üzerine döktüm. Halimi düşünebiliyor musun abi? Düştüğüm duruma bak."

Biz artık gülmekten nefes alamaz haldeydik, gözümüzden yaşlar geliyordu.

Kız sabırsızca sordu:

"Peki, Nevin ne yaptı?"

Gülerek lafa girdim:

"Bir tokat daha yedim ve ayrıldık deme bana sakın."

"Ben panikle tüm bu sakarlıklarıma devam ederken, bir an için Nevin'e baktım. Öylece durmuş bana bakıp tatlı tatlı gülüyordu. Öyle bir tavrı vardı ki sanırsın ona serenat yapıyorum. İşte öyle bakıyordu bana. Onun o duruşunu, hayatım boyunca unutmayacağım. Yine tokat yiyeceğimi düşünürken, durumdan eğlenen, aşk dolu gözlerini gördüm. Ona doğru yaklaştım... ve 'Benimle evlenir misin?' diye sordum."

***

Bir anda dondum kaldım, yanımdaki kızın da benden farkı yoktu. Şaka yapıyor herhalde diye düşündüm ve tam tekrar gülmeye başlayacakken, Murat'ın suratındaki o ifadeyi gördüm. Yaptıklarından çok memnun o masum gülümsemeyi. *Kaybettim arkadaşımı...*

O kadar şaşkın bir durumdaydım ki tepki veremedim, içim "Bir şeyler söyle hatta kalk arkadaşına sarıl" diyor ama dışım tepkisiz. Yok, yanlış anlamayın, ben de mutlu oldum onun bu kararına, sadece belli edemiyorum bir türlü. Şok dalgası geçmiyor.

Sarışın kız kısa sessizliğimizi bozdu.

"Ay çok romantik. Böyle tatlı erkeklerin nesli tükenmemiş demek ki. Senin burcun ne? Kesin Balık'sın sen..."

Murat'tan önce sorusunu ben cevapladım.

"Hem Balık hem de Alık'tır benim arkadaşım."

Ve ayağa kalkıp Murat'a sarıldım.

"Kabul etti mi diye sormuyorum bile. Senin için çok sevindim, Nevin'e geçmiş olsun... Tebrikler dostum..."

Murat bana göz kırparak, "Darısı başına kardeşim..." dedi.

"Şu mutlu gününde bana beddua etmeye utanmıyor musun?"

Murat yaramaz bir ifadeyle konuşmaya devam etti.

"Hadi abi, bırak şimdi cimriliği de şampanya getir. Böyle kuru kuru sarılarak kurtulacağını mı sanıyorsun? Hem bekârlığa veda partimi düzenleme şerefini sana veriyorum. Ayrıca nikâh şahidim de sensin ona göre. Gerçi senin şahitliğinden bir halt olmaz ama yapacak bir şey yok.

-7-

Murat aniden âşık oldu, çabuk evlenme teklifi etti ve alelacele düğün gününü belirledi. Her zaman yaptığı gibi herkesi hatta beni bile hızıyla şaşırttı. Onun anlık, sonrasını düşünmeden sürdürdüğü yaşantısına hep hayranlık duymuşumdur. "Kim ne der? El âlem ne düşünür?" kavramı hiçbir zaman olmamıştır. Oldum olası yaşamını, hayatın akıntısına bırakmış bir rahatlık içindedir. Kimi zaman (aslında çoğu zaman) boğulma tehlikeleri de atlatır doğal olarak. İşte o gibi durumlarda ona kalp masajı yapma görevi de bana düşer. Yaşadığı pişmanlıkların ve hayal kırıklıklarının paylaşılma durağı hep ben olmuşumdur. Yine böyle ani hareketlerle hayati bir karar aldı. *Umarım boğulmaz.* Ama sanki Murat'ın evlenmesi ona iyi gelecek gibi. Nevin güçlü ve oldukça baskın kişiliğiyle Murat'ı boğulmaktan kurtarabilir gibi geliyor bana. Hem benim kalp masajlarımdansa Nevin'in suni teneffüsü daha etkili bir çözüm olarak görünüyor. *Zaten suni teneffüsü de ben yapmayayım, eksik kalsın...*

Murat ve Nevin aynı aşkları gibi aceleci davranıp bir ay sonrasına nikâh tarihi aldılar. *Sanki arkalarından atlı koşturuyor.*

Nevin birçok kadının yaptığı gibi evlilik kararı almalarının ilk günlerinde düğün yapmanın gereksizliğinden bahsetti durdu. Yani boş boş konuştu. Ve sonraki günlerde her kadının yaptığı şeyi yaptı. Sade bir düğün yapalıma döndü, sadece arkadaş arasında küçük bir parti ve sonrasında Boğaz'da beş yıldızlı bir otelin bahçesinde şaşaalı bir düğüne doğru yelkenlerini açtı. Hatta Murat'a genç kızlığından beri hazırladığı "Ben evlenirken..." konulu dosyasını gösterdi. İçinde dergilerden beğenip kestiği gelinlik modellerinden tutun da düğünde sunulacak yemek çeşitlerine, düğün giriş ve ilk dans müziklerine kadar her şeyin yazılı olduğu bu dosyayı Murat'a sundu. Alıştıra alıştıra ilerledi anlayacağınız, Murat'ın her onayladığı (hele bir onaylamasın) düğün planının bir üst kademesine çaktırmadan çıktı. *Ah siz kızlar...*

Düğünler gelin içindir ve buna asla bir lafım yok. Nasıl ki cenaze törenleri ölen kişi için düzenlenmezse –ölmüş gitmiş, olaydan haberi bile yok– düğün törenleri de damat için yapılmaz...

***

Murat düğünden on gün kadar önce beni aradı. Daha ben "Alo!" demeden konuya girdi:

"Ne yaptın abi, organize ettin mi her şeyi?"

"Neyi organize ettim mi? Bu arada iyiyim, sağ ol sorduğun için."

"Bana ne abi senin iyi olup olmadığından? Sen organizasyonu yaptın mı onu söyle?"

"Muratçım hangi organizasyondan bahsettiğini söylersen, ben de cevaplayacağım."

"Oha abi, yuh artık! Sakın unuttum deme."

İlk başta gerçekten Murat'ın neden bahsettiğini anlayamamıştım ama bir anda dank etti. Bekârlığa veda partisinin organizasyonunu bana vermişti ve ben bu bana bahşedilen şerefli (angarya) görevi unutmuştum. Tabii ki en samimi arkadaşıma tüm dürüstlüğümle durumu itiraf ettim.

"Bekârlığa veda partisinden bahsediyorsan, ayıp ediyorsun abi o iş bende. Unutur muyum hiç, her şey tamam. Tüm organizasyonu günler öncesinden yaptım bile." *Bazen çok iyi yalan söyleyebiliyorum ve bu duruma inanın ben de çok şaşırıyorum.*

"Helal olsun kardeşime, ne bileyim bir an unuttun sandım."

"Öküz müyüm ben senin gibi? Ayrıca en samimi arkadaşımın hayatı boyunca bir kez yapacağı partinin önemini bilmez miyim? Gerçi birkaç kere daha yaparsın gibime geliyor ama neyse bu konuya girmeyelim."

"Bence de girmeyelim, hayatımın kadınını buldum. İlk ve son evliliğim olacak. Nerede yapıyoruz bekârlığa vedayı? Kimleri çağırdın? Karı kız ayarladın değil mi? Bak öyle kuru kuru, erkek erkeğe falan toplanmayalım ona göre."

Zaman kazanmam gerek, konu biraz daha uzarsa yalanım ortaya çıkacak. Murat'ın hışmından, dilinden hayatım boyunca kurtulamam sonra.

"Oğlum her şey tamam dedim ya sana. Ne meraklı adamsın sen ya. Sürpriz işte. Bozmasana günlerdir hatta haftalardır hazırladığım sürprizi. Günü gelince görürsün işte. Ha, gün demişken ne zaman yapalım partiyi?"

Murat hemen yapıştırdı cevabı:

"Henüz günü bilmiyorken sen nasıl oldu da yaptın tüm organizasyonu?"

"Yaptım işte oğlum, bayılacaksın. Hatta bence evlenmekten vazgeçebilirsin bile gecenin sonunda. Sen sadece hangi gece olsun onu söyle yeter."

Murat'ın sesinden rahatladığını anladım.

"O kadar büyük bir organizasyon ayarladıysan düğünden bir hafta önce yapalım, yani bu cumartesi. Ancak kendimize geliriz."

Bir an içimden "Bugün perşembe! Bekârlığa veda partisini organize etmem için önümde üç günden az zaman kaldı" diye geçirdim. *Bu sefer sıçtım galiba.*

Bozuntuya verir miyim hiç?

"Okey abi, cumartesi akşamı tamamdır. Hem seni onu bunu bırak da Nevin yengeden izin aldın mı bana onu söyle, sonra başımıza iş açmayalım. İhale benim üzerime kalmasın, zaten mimliyim."

"Geri zekâlı mısın oğlum ya, ben kim izin almak kim! Murat ve izin; bu iki kelime yan yana bile durmaz, saçmalama..."

"Aman da aman laflara bak. Çin malı çakma maço."

***

Telefonu kapatır kapatmaz çaresizce ne yapacağımı düşünmeye başladım. Önümde üç hatta neredeyse iki gün var ve kimseye haber vermemiş, hiçbir şey organize etmemiş, daha da kötüsü Murat'ın beklentisini tavan yaptırmış vaziyetteyim.

Tam o sırada yine telefonum çaldı, arayan Emre. Murat'la benim dört beş kişilik erkek grubumuzdan, yani en yakın arkadaşlarımızdan biri.

"Murat'ın bekârlığa veda partisini organize etmişsin ve bırak beni çağırmayı, haber bile vermedin."

Murat yememiş içmemiş anında Emre'yi aramış. Adamdaki heyecana şapka çıkarıyorum.

"Emreciğim, sensiz olur mu hiç? Kambersiz bekârlığa veda mı olur? Tam da seni arayacaktım o anda sen aradın. Murat'ın bu özel gecesinde tabii ki sen en önemli adamsın."

"Altından bir şey çıkacak kesin, geç bunları."

"Yok be oğlum. Aslında basit bir görevin var. Tek yapacağın kaptanını aramak. Cumartesi akşamı senin teknede toplanıyoruz. Bu arada ben her şeyi ayarladım, yani bizim çocukları birazdan arayacağım. Ha, bir de karı kız kısmı da sende. Senin kontakların var ya, işte ara onları."

Emre bir şeyler söylemeye çalıştı ama henüz kafası da tam basmamıştı. Ve ben baskın çıkıp lafını ağzına tıkadım.

"Oğlum tam bir haftadır uğraşıyorum, tüm organizasyonu hallettim; bu kadarını da yaparsın artık. Cumartesi görüşürüz Emreciğim. Ha, bu arada içkileri de alırsın artık."

Cevap vermesine fırsat bırakmadan telefonu kapattım. *Evet, fırlamalık ruhumda var. Tüm organizasyonum otuz saniye sürdü. Pratik adamım ben.*

Bu arada cumartesi gecesinin mezesi, eğlencesi de belli

oldu. Emre'nin gece boyunca içip içip söyleyeceği "Abi adam her şeyi hallettim diyor ama hiçbir bok yapmadı."

Benim cevabım dünden hazır: " Önemli olan delege etmek oğlum ve sen delegesin."

***

Murat'ın bekârlığa veda partisini organize etmek fazlasıyla kolay oldu, sadece birkaç dakikamı aldı. Emre ile konuştuktan hemen sonra bizim gruptaki diğer çocukları aradım. Hatta birkaçına "Her şeyi ben yapacak değilim ya!" diyerek görev bile verdim. *Çok yoruldum çok... Çaktırmayın.*

Tam sözde yaptığım müthiş organizasyonum bitti derken telefonum çaldı. Arayan mı? Tabii ki Murat... İçimden "Yalanım ortaya çıktı kesin" diye geçirerek telefonu cevapladım.

"Merak etme, her şey tamam dedim ya sana. Neden bana inanmıyorsun? Evet, çok çalıştım ve yoruldum ama hallettim. Süper bir gece geçireceğiz."

"Ya abi, ben de tam onun için aradım aslında."

"Oğlum ne pinpirikli adamsın. Olay bende, her şey planlandı diyorum."

"Yok abi ondan eminim, sana güvenim sonsuz o konuda. Ama..."

Murat'ta bir sessizlik, nutku tutulmuş sanki.

"Ama ne?"

"Yani acaba diyorum, sadece erkek erkeğe mi çıksak diyorum? Rakı meze falan olayına mı girsek biz bize? Hatta öyle büyük bir organizasyon yapmasak, Boğaz'da bir restoranda rakı balık mı yapsak sadece?"

Murat yine beni şaşırtmayı başardı.

"Ne diyorsun oğlum sen? Daha bir saat önce kuru kuru olmasın, kızlar olsun, sap sap takılmayalım diyen sen değil miydin? Yoksa ben başkasıyla mı konuştum? Gerçi olabilir; erkek gibi konuşuyordu bir saat önce konuştuğum kişi."

"Dalga geçme abi ya... Sadece çok dağıtmayalım diye diyorum, düğünde yorgun ve bitik vaziyette olmayalım diye..."

"Manyak mısın sen ya? Sırf bu yüzden partiyi bir hafta öncesinde yapmaya karar verdik. Unutmuş da olamazsın ki, tüm bunları konuşalı henüz bir saat bile olmadı."

Bunları söylerken bir anda bende jeton düştü ve durumu kavradım.

"Dur bir dakika! Bana boş boş masallar anlatma! Nevin'e bekârlığa vedadan bahsettin ve o da yapmanı istemedi değil mi?"

Murat sanki dut yemiş bülbül, hiçbir cevap yok.

"Cevap versene oğlum! Doğruyu söyle... Nevin'den izin mi alamadın? Hem niye hemen anlatıyorsun ki kıza? Her şey söylenir mi? Geri zekâlı mısın sen?"

"Saçmalama abi. İzin falan meselesi değil. Nevin'den mi korkacağım? Sadece kızcağızı üzmek istemiyorum. Düğün öncesi bir sorun çıkmasın, kızın huzuru bozulmasın diye söylüyorum."

"Ya bırak git bu işleri. Bari bana yapma bu ayakları,

ben seni tanımaz mıyım? Malımı bilirim ben. Yemedin içmedin hemen Nevin'e yetiştirdin değil mi? O da durumu çaktı, sana gece ile ilgili talimatlar verdi; sadece şunu bunu yapabilirsin diye. Bir de maçoyum diye geçiniyorsun geri zekâlı..."

"Yani, biraz öyle oldu gibi. Bana kızıyorsun da ne yapsaydım abi? Yalan mı söyleseydim, sonra da ortaya çıksın kavga mı edelim düğün öncesi?"

"Sus oğlum ya. Ben sana yalan söyleseydin demiyorum. Eksik anlatsaydın diyorum... Yalan söylemek ve eksik anlatmak arasında çok ince bir çizgi vardır. Bu arada Nevin'e kesin parti fikrinin benim başımın altından çıktığını söylemişsindir, kabak da şimdi benim başıma patladı. Daha evlenmeden kız benden nefret etmeye başlamıştır sayende..."

Murat gülmeye başladı.

"Yok abi, öyle bir şey yapar mıyım hiç? Senin adını vermedim tabii ki... O anında tüm bu organizasyonun senin başının altından çıktığını söyledi zaten, bana fırsat bile bırakmadı... Ama ben seni sonuna kadar savundum."

"Tabii canım tabii... Ben daha şimdiden seni azdıran, tüh kaka bekâr arkadaş, sen ise henüz evlenmeden kılıbık diploması almayı başaran adam oldun. Tebrik ediyorum seni."

Murat'la bu konuda bir yere varamayacağımızdan o kadar emin oldum ki daha fazla uzatmaya gerek bile duymadım.

"Peki abi, nasıl istersen... Haftalardır uğraşıp organize ettim ama bu kadar korkuyorsan iptal ederim. Yapacak bir şey yok, uğraşamayacağım seninle... Kararını vermişsin, pardon Nevin kararını vermiş diyecektim. Daha okula başlamadan kılıbıklık diplomanı üstün başarı seviyesinde aldın ya, tebrik ediyorum seni. Bak, son kez soruyorum biz bize rakı balık muhabbeti istiyorsun değil mi sadece?"

"Evet abi, erkek erkeğe olalım..."

"Tamam o zaman. Sen bilirsin. Gerçi aramızda erkek olmayan bir kişi olacak o akşam ama neyse idare ederiz artık..."

Murat balık gibi lafa atladı.

"Kim abi o?"

"Kim olacak, sensin tabii ki. Geri zekâlı kılıbık..."

***

Murat bu partilerin asıl amacını yani bunun zavallı damat adayı için bir nevi teselli ikramiyesi olduğunu daha şimdiden unutmuştu. Bana göre Murat'ın partisinin kırk gün kırk gece sürmesi gerekir; ne de olsa veda ettiği şey özgürlüğü. Bundan bir gecede ayrılmak o kadar kolay mı? Gerçi arkadaşımın vedasına da pek inandığım söylenemez ama neyse, orasını karıştırmayalım. Umarım ben yanılıyorumdur...

Bana sorarsanız, erkek için bekârlığa veda partisi, Boğaziçi Köprüsü'nden önceki son çıkışı gösteren bir tabela gibi, ancak anlayan damat adayına... Ama genellikle damat bunu trafikli, çileli köprü gişelerine girmeden önce arabayı kenara çekip oyalanmak, son bir kez eğlenmek olarak görüyor ne yazık ki...

Murat'ın bir anda gelen evlilik kararı, heyecanı beni de içine almıştı o günlerde. Bu zihinsel meşguliyet cılızlaşan Hande'nin hayalini iyice yok etti. Hayatın normal seyri, kendi içindeki döngüsü, su gibi akıcılığı bazen insanı uyuşturuyor. Bu bahsettiğim aslında duygusal tembellik. Günlük ilişkiler yeterli gibi geliyor. Uzun vadeli ilişkiler veya aşk ihtiyaçlarımızı düşünmüyoruz bile. Nasıl para kazanmak için yani bir kâğıt parçası yüzünden tüm günümüzü, aylarımızı, yıllarımızı, ömrümüzü çalışarak geçirmeyi beceriyorsak manevi ihtiyaçlarımız için hiçbir şey yapmıyoruz çoğu zaman.

Tembeliz ruhumuzu beslemek konusunda. Gündelik, fast food ilişkiler yaşıyoruz ve bunların bizim için yeterli olduğunu düşünüyoruz, daha doğrusu düşünmüyoruz bile. Hayatın akışı içinde yuvarlanıyoruz. Farkındalığımız bu konuda farkındalıktan çıkmış, takılıyor kendi başına. Nadiren içimizdeki bu eksiklik dışarı vuruyor, sorgulatıyor bizi. Gerçek ilişkiler ve aşklar kokularla hatırlatıyor kendini. İşte o anlarda içimizde adını koyamadığımız bir his "Eksik kalan bir şeyler var" diyor. Anlayamıyoruz ne söylemek istediğini ve anlayamadığımız tüm duygularımız gibi bunu da bastırmaya çalışıyoruz. Derin bir nefes alıp sıradanlığımıza hiçbir şey yokmuş gibi devam ediyoruz.

Murat'ın âşık olması, evlilik kararı ve düğüne hazırlık aşamasındaki heyecanı penceremden içeri süzülen çiçek kokusuyla birleşerek dürttü beni. Nergis kokuyordu buram buram. Koku duygularımı tetikledi, Hande'nin hayali belirdi bir anda. Konuştum onunla içimden sessizce. "

Nerelerdeydin?" dedim. "Buradaydım" dedi. "Hiçbir yere gitmedim ki." Sonra sigaramdan derin bir nefes aldım ve Hande yine gitti... *Hayallerimin bile katiliyim ben...*

***

Bekârlığa veda gecesine kadar Murat her gün hatta günde birkaç defa aradı. Israrla aynı lafları tekrarladı durdu: "Gerçekten sadece biz bize içmek, şamata yapıp erkek muhabbeti istiyorum, kesinlikle ama kesinlikle başka organizasyon yapma. Seni bilirim ben, rahat durmazsın ama inan bana canım karı kız muhabbeti falan istemiyor. Ayrıca başım Nevin'le ilgili belaya girsin istemiyorum. Zaten kızın geçmişimle ilgili soru işaretleri hâlâ devam ediyor. Uslu duralım o gece."

Sadece beni de aramıyor, o gece davet ettiğimiz tüm arkadaşlarımıza aynı baskıyı yapıyor. Gölgesinden korkar olmuş bizim eski çapkın kurt ya da yeni adıyla sadık ev finosu.

Bizim verdiğimiz cevaplar önceleri "Oğlum saçmalıyorsun, kırk yılın başında bir evleniyorsun, tabii ki bir şeyler ayarlıyoruz. Hem sen karışmasana bizim işimize, sen git kılıbıklığınla uğraş ve bizi rahat bırak" şeklindeyken baktık ki Murat pes etmiyor, telefon trafiğinden de fazlasıyla sıkılan bizler "Peki tamam, senin dediğin gibi olsun. Ne kadar salak ve kılıbık bir adam oldun oğlum sen, düğün hediyesi olarak etek alıyoruz sana, haberin olsun" diyerek sadece Boğaz'da tekneyle dolaşıp, bol bol içip muhabbet edeceğimizi, sonrasında eğer canımız isterse, havamızda olursak sahilde bir kulübe yanaşacağımızı ve bunların dışında başka hiçbir şey ayarlamadığımızı yeminler ederek anlattık.

***

O meşhur cumartesi akşamı Emre'nin teknesinde beş altı arkadaş toplandık. Bizim kılıbık Murat her zamanki gibi en geç gelen oldu. Tekneye biner binmez şampanya patlattık, üzerine boca ettik. Kalan şampanyayı kadehlerimize koyup Murat'tan kurtulmamız şerefine kaldırdık. Henüz tekne kıyıdan ayrılmadan içmeye ve Murat'ı içirmeye devam ettik. Meşhur bir laf vardır ya "Az içilen bekârlığa veda partisi evlilikte az seks demektir" diye (yok öyle bir laf, tamamen benim o gece uydurmam) işte biz de bu özlü lafı boşa çıkarmadık.

Tüm muhabbet ve şamata Murat'ın nasıl olup da evleneceği, nikâh masasından nasıl da bir anda kalkıp koşarak kaçacağı, emin olup olmadığı, Nevin'in kör olup olmadığı, İstanbul gece hayatının öksüz kaldığı, Nevin'in psikolojik desteğe ihtiyaç duyacağı ve bizlerin Murat'tan kurtulduğu üzerine oldu. Kısacası Murat'ı ve evlilik kararını içkimize meze yaptık ve kadehlerimizi bu sonu gelmek bilmeyen türetmelerimize kaldırdık.

Daha tekne kıyıdan ayrılmadan çakırkeyif olmuştuk bile. Kaptana "Tamam artık Boğaz'a doğru açılalım" dedim. Teknenin palamarları çözülürken Murat'ın suratı değişmeye başladı, önce bana sonra kıyıya baktı. Bize dönerek şaşkın bir ifadeyle, "Niye hareket ediyoruz?" diye sordu.

Emre benden önce cevapladı:

"Boğaz'a açılıyoruz, tüm akşam kıyıda pinekleyecek halimiz yok. O kadar karada kalmak istediğini söyleseydin restorana giderdik. Ben de bu kadar masrafa girmezdim. Bu arada cebimden beş kuruş çıkmadı, çaktırmayın."

"Yok, Boğaz'a açılalım... Ona bir lafım yok da... Yani bizden başka kimse gelmiyor mu tekneye?"

Bunlar konuşulurken tekne kıyıdan uzaklaşmaya başladı. Murat'ın şaşkınlığı daha da belirginleşti. Ayağa kalktı ve bir daha kıyıya baktıktan sonra içeri, kamaralara koştu. Tek tek bütün kamaraları, tuvaleti, hatta teknenin küçük ambarını bile açıp kontrol etti. Panik halde güverteye yanımıza döndü, adam kan ter içinde... Yüzünden düşen bin parça, inanılmaz bir hayal kırıklığı içinde bizleri azarlamaya başladı.

"Nasıl olur? Hani kızlar nerede? Yani gerçekten başka bir şey ayarlamadınız mı? Bütün gece sizin o çirkin suratlarınızı görüp, geyik muhabbetlerinizi mi dinleyeceğim? Bunu bana nasıl yaparsınız? Hayatımda ilk kez evleniyorum ben."

Adam neredeyse ağlayacak. Onun o şaşkınlığını, hayal kırıklığını ve o ağlak surat ifadesini hayatım boyunca unutacağımı sanmıyorum. O anki halinin resmini çekmem de yardımcı olacak gerçi hatırlamama.

Gülerek lafı yapıştırdım:

"Oğlum sen bütün hafta boyunca defalarca bizi arayıp erkek erkeğe takılalım demedin mi?"

Adamın sistemi bir hafta boyunca bozuktu, iki damla alkolle tekrar çalışmaya başladı. *Alkol sen nelere kadirsin.*

"Şu düştüğümüz durum tamamen senin suçun, pardon korkaklığının eseri. Sonunda kendine geldin ama biraz geç oldu. Biz sanki senin suratını görmeye çok meraklıyız. Senin pısırıklığın yüzünden tüm gecemiz zaten piç oldu."

Baktım suratı iyice düştü, daha fazla üzerine gitmeye gerek yok diye düşündüm ve sustum. Zaten zavallım evleniyor haftaya. Hayatı kaymış, daha fazla vurmamak lazım...

Bu arada Emre konuyu değiştirmek için Murat'ın hediyesini getirdi. Murat kocaman hediye paketini heyecanla açmaya başladı. Bir yandan da "Ya abi ne gerek vardı? Zaten bu kadar uğraşıp geceyi ayarladınız. Gerçi bir boka yaramamış organizasyonunuz ama neyse, düşünmeniz yeter" diye konuşmaya devam ediyor.

Bizler onun paketi açışını elimizde telefonlarımız kameraya çekiyoruz. Koca paketin içinden çıkan küçücük hediyesinin iki ucundan tutarak bize baktı. "Ağzınıza sıçayım, biliyordum bunun altından bir bok çıkacağını" diyerek elinde tuttuğu kırmızı mini eteği yüzümüze fırlattı.

Gülmekten elimdeki kadehi üzerime dökerken, Emre de neredeyse denize düşüyordu.

***

Güneş, Avrupa yakası tarafından batmaya başladığı sıralarda yani İstanbul'un en güzel saatinde; bizler de yemeğimizi bitirmiş, sonu gelmeyen erkek geyiklerini yapmaya devam ediyorduk. Bu geyikler genellikle futbolla başlar, politika ve iş konularında devam eder, ülkeyi ve ekonomiyi kurtardıktan sonra kadınlar konusunda takılı kalır. Bu arada futbol ve politika sohbetin yüzde onu bile değildir. Erkek geyiğinin neredeyse tamamı aslında birbirimizle dalga geçme ve kadınlar hakkındadır. Bizim de yaptığımız tam olarak buydu. Başımızdan, özellikle de Murat'ın başından geçen çapkınlık muhabbetlerini üstüne ekleyerek anlatmak... Avcılar av hikâyelerini abartarak anlatmaya bayılırlar. Siz bir de çapkın adamların gece avı hikâyelerini dinleyin. Abartmanın, yaratıcılığın sonu yok.

Murat, yüzüncü kez dinlediğim bir çapkınlık hikâyesini daha da abartarak heyecanla anlattıktan sonra bize döndü:

"Şu halimize bak, oturmuş eski maceralarımızı anlatıyoruz. Sayenizde bekârlığa veda gecem hakkında doğacak çocuklarıma anlatacak bir anım bile olmayacak. Oğullarıma rezil ettiniz beni, utanmıyor musunuz?"

Murat'ın o sayısız sitemlerinden birine daha maruz kaldığımız sırada –artık cevap bile vermiyoruz– bir tekne bize doğru yaklaşmaya başladı. Yaklaştı, yaklaştı ve bizim tekneye yanaştı. Murat'ın şaşkın bakışları ve "Niye yanaşıyor bu tekne bize?" sorularına verdiğim cevap, "O çok istediğin, saatlerdir dilinden düşürmediğin eğlence geliyor Muratçığım, daha doğrusu eğlenceler..." oldu.

Bunu söylememle birlikte de yan tekneden birbirinden güzel beş yabancı kız bizim tekneye atladı. İçlerinden en güzel olanı, Rus aksanlı kırık Türkçesiyle, "Burada yanan bir adam varmış, onu söndürmeye geldik. Söyleyin hanginiz?" dedi.

Hepimiz aynı anda parmaklarımızı kaldırdık.

"Ben, ben, ben..."

***

Biz arkadaşımızın ruhunu biliriz, ne kadar Nevin'den çekinip ürkse de, yakalanma korkusu ağır bassa da, iki yudum içkiden sonra gerçek bir veda partisi isteyeceğinden emindik. Olması gereken organizasyonu çok önceden yapmıştık. Çünkü malımızı iyi tanıyoruz.

Bir amacımız, yabancı misafirlerimiz tekneye girdiği sırada Murat'ın paha biçilmez surat ifadesini görmekti, diğeri ise kıyıdayken kızların tekneye bindiğini kimsenin görmemesi. Gölgesinden bile bu kadar korkan adam yakalanır, suçlu da her zaman olduğu gibi müzmin bekâr olarak ben olurdum. Bunu söylüyorum ama evet kabak gecenin sonunda yine benim başıma patladı.

***

Bu tarz partileri bir arkadaşımızın evinde, teknesinde veya bir otelin süitinde, kimi zaman da yurtdışında düzenleriz. Partiye davet ettiklerimiz beş altı kişiyi geçmez. Bunlar arkadaş grubumuzun temel halkasıdır. Parti daha başlamadan evli olanların karılarına, kız arkadaşlarımıza, müstakbel geline hatta partiye çağırmadığımız erkek arkadaşlarımıza söyleyeceğimiz detaylar –pardon yalanlar– kararlaştırılır. Herkesin mutlak bir ağız birliğine varması şarttır. Meşhur bir laf vardır ya "Bekârlığa veda partisinde olan, bekârlığa veda partisinde kalır" diye (bunu da ben uydurdum galiba) işte bu motto hayati önem taşır ve biz bunu yapmayı, kuralları belirlemeyi, ağız birliğimizi oluşturmayı sürprizimiz yüzünden atladık ne yazık ki...

Oysa her şey o kadar güzel gidiyordu ki; kızların tekneye gelişiyle yalandan parti gerçek bir partiye dönüşmüştü. Gece bir anda hızlı çekime dönüştü; Murat'ın etrafında, kucağında dans eden kızlar, kaldırılan kadehler, striptiz şovlar, kızların elinden içilen shot'lar, oryantal dansı beceremeyen kızlarla atılan göbekler, ne arada ortaya çıktığı belli olmayan Ankara havaları, neredeyse çekmek üzere olduğumuz halay, bağrışmalar, birbirimizin üzerine bilinçli veya bilinçsiz döktüğümüz içkiler...

Murat'ın arada tüm sarhoşluğuyla "Süper gece abicim, çok teşekkür ederim..." demeye çalışmaları...

Murat'ın ve bizim keyfimize diyecek yok. Tam partinin hararetli kısımlarında aklıma telefonum düştü. Bu arada telefonumla aramda ciddi bir bağ var, hatta bizimki ilişki boyutunu geçti evliliğe doğru ilerliyor. Altı ayda bir daha genç versiyonu çıkmasa kesin evleneceğim, o derece. O gece biraz boşladığımı fark ettim, telefonumu aramaya başladım, kapris yapar çalışmaz maazallah. Masanın köşesinde dökülen içkilerden hafif ıslanmış olarak buldum. Pantolonuma silip elime aldığımda 10 cevapsız arama, 5 mesaj, 12 WhatsApp bildirimi olduğunu gördüm. Hepsi aynı kişiden, kim mi bu ısrarla arayan kişi? Tabii ki Nevin... *Başımız büyük belada.*

***

Mesajları açmaya cesaret edemedim. Belli ki Nevin bizim partinin durumundan haberdar. Ama bir yandan da "Nasıl olabilir?" diyorum.

Boğaz'ın ortasındayız, tekneye kızların bindiğini balıklar ve kuşlar dışında kimse görmedi. Gerçi o martıdan şüpheleniyorum, o ekmeği atacaktık ona...

"Biz nerede hata yaptık?" diye düşünerek mesajları açtım. İlk mesajdan bir şekilde yakalandığımız belli:

Neredesiniz? Telefonunuzu niye açmıyorsunuz? O arkadaşına söyle hemen beni arasın!

Sonraki mesajlar da sinir dozu artarak devam ediyor:

Her şeyden haberim var!!!

İyi de nasıl haberin var? Bari bir tüyo versen diye düşünürken sonraki mesajda durumu çaktım:

Bir de utanmadan fotoğraf paylaşmışsınız. Rezil oldum! Hepsi senin başının altından çıktı. Murat'a söyle çabuk beni arasın!

Hangi salak resim paylaştı acaba diye düşünürken diğer yandan aslında kimin yaptığını da tahmin edebiliyorum.

Bizimkilerin henüz hiçbir şeyden haberleri yok, kızlarla fingirdeşmeye devam ediyorlar. Müziği kapattım.

"Başımız belada, Nevin durumu çakmış. Hangi geri zekâlı fotoğraf paylaştı?"

Murat kızı kucağından iterek ayağa fırladı.

"Abi bittim ben, hayatım kaydı!"

***

Hep beş altı kişilik arkadaş grubu lafını kullanmamım sebebi bu işte. Beş ile altı arasında henüz adam olamamış bir arkadaşımızın oluşu. İşte o yarım adam Instagram'a resim koymuş. Habersiz çekilen bu resmi hepimiz incelemeye başladık. Tiplerimiz kaymış bir şekilde eğleniyoruz ne var ki bunda diye düşünürken hemen arkamızda sarışın uzun saçlı bir kızın fotoğrafta olduğunu fark ettik. O kadar küçük bir yerindeki fotoğrafın –sadece saçının ucu görünüyor– ancak bir dedektif gibi bakılınca anlaşılıyor. Ama her kadın doğuştan bir dedektif değil mi zaten?

***

Zavallı Nevin de kız arkadaşlarıyla bir gece kulübünde bekârlığa veda partisinde. Hani kızların saçlarına kırmızı tüller takıp, kadın kıyafetleri giymiş erkeklerin şarkılar söyleyip şovlar yaptığı mekânlar var ya, işte onlardan birindeler. Türkçe müzikler eşliğinde bağıra çağıra şarkı söyleyip, kan ter içinde göbek attıkları ve adına bekârlığa veda partisi dedikleri ama aslında kına gecesinin yeni versiyonu olan bir eğlence yani. Nevin'in kafasında ibibik gibi duran tül ve eline taze yakılmış kınayla Instagram'daki fotoğrafımızı inceleyişi gözümün önünde canlandı. Muhtemelen şu an sinirli ve ağlamaktan makyajı akmış bir şekilde elinde telefon Murat'ın aramasını bekliyor. Bir yandan da "Bu iş bitti, bundan adam olmaz, biliyordum zaten. Hele o arsız arkadaşı yok mu kesin o planlamıştır her şeyi" diye söyleniyordur. Bu arada diğer saçı tüllü arkadaşları da onu teselli etmeye çalışıyordur. "Canım belki de biz yanlış anlamışızdır, dur bakalım sen sakin ol birazdan her şey ortaya çıkar, ağlama güzelim, ay kıyamam sana."

O tarafta kız dayanışması varsa bizde de erkek dayanışması var, hem de sapına kadar. İlgimizin kaymaması için kızları teknenin ön tarafına yolladıktan sonra ne yapacağız diye düşünmeye başladık. Herkesten muhteşem fikirler çıkıyor:

"Abi kabul etme, fotomontaj de, fotoshop'lu bu resim de."

"O görünen kaptanın saçı diyebilirsin. Ne gülüyorsunuz abi? Uzun sarı saçlı kaptan olamaz mı?"

"Biz de anlamadık o fotoğrafta o kızın ne işi var diye, yoksa Boğaz'ın meşhur hayaleti olmasın? Çok korktuk falan desek?"

Birbirinden yaratıcı ve salak bahaneler birbirine çarpıyor ve bunlarla hiçbir yere varacağımız yok.

Murat neredeyse ağlayacak, her gelen fikri "Acaba?" diyerek dinlemeye başlıyor ve küfrederek bitiriyor, çaresizliği gittikçe artıyor. Düştüğümüz durum çıkmazda ve artık geyik muhabbetine dönüşmüş bir vaziyette. Sonunda dayanamadım:

"Abi bir susun ya, bunun kapatılacak veya yalan söyleyerek kurtulacak bir yanı yok. Sıçtık sıvamayalım bari. Doğruyu söyleyeceğiz. Hem ne olmuş? Tabii ki bekârlığa veda partisi yapacak adam. Bir kere şu suçlu psikolojisinden kurtulalım. Ayrıca en iyi savunma karşı saldırı değil midir?"

Murat bir anda kendine geldi:

"Evet abi, adam haklı. Hayatımda ilk defa evleniyorum, evlilik öncesi son bir kez eğlenmek benim de hakkım değil mi?"

Emre lafa atladı:

"İdam sehpasında bile adama sorarlar 'Son bir arzun var mı?' diye. Murat idamlıktan beter durumda, zavallım bir hafta sonra evleniyor daha ne olsun? Kız bunu da mı çok gördü? Ben olsam düğünü iptal ederdim abi."

Bir diğeri de elindeki kadehi kaldırarak, "Emre haklı abi, bekârlığa veda partisi sonlanmıştır, Murat'ın bekârlığa dönüş partisi başlasın..." diyordu.

Baktım Murat'a fazla bir gaz yüklemesi var, herkesi susturdum.

"Tamam, abartmayalım o kadar da değil. Şimdi kıyıya yanaşıyoruz ve sen Nevin'i arıyorsun. Hatta daha da doğrusu Nevin her neredeyse onun yanına tıpış tıpış gidiyorsun. Evet, arkadaşlarımızla eğlendik, son bir kez bekârlığın tadını çıkardık ama gözüm senden başka hiçbir şey görmüyor diyorsun. Konuşmaya devam ederse ona ne kadar âşık olduğunu söyleyip, çekip öpüyorsun. Unutma; bir kadını susturmanın en iyi yolu onu öpmektir."

Murat anında havaya girdi:

"Haklısın abi hadi hemen gidelim."

"Gidelim derken?"

"Hep beraber basalım partilerini. Kızı kolundan çektiğimiz gibi çıkaralım."

"Muratçığım, bunu sen kendin yapacaksın. İşi ucuz romantik komedi filmi sahnesine çevirmesen ve bizi karıştırmasan?"

"Başıma partiyi, kızları saran sizsiniz, birlikte girdik birlikte çıkacağız bu beladan!"

Kıyıya yanaştık, Murat'tan kurtuluş yok mecburen ben de onunla tekneden indim. Bizimkilere döndü:

"Hadi abi gelmiyor musunuz?"

Tekne hızla kıyıdan uzaklaşırken Emre kucağındaki kızla, gülerek bize seslendi:

"O kadar parasını vermişiz abi, heba etmeyelim yazıktır. Size iyi şanslar. Kalbimiz sizinle..."

***

Bu hareketi yapacaklarını çok iyi bildiğim için gülmek dışında hiçbir tepki vermedim. Gerçi okkalı bir küfür bastım orası ayrı. Murat bir yandan bizim ekibe sövüyor bir yandan da "Nasıl arayacağım ben Nevin'i? Ne diyeceğim?" diye söyleniyor. Sonunda cesaretini toplayıp aradı. Nevin saniyesinde cevaplayarak bağırmaya başladı. Öyle bir bağırıyor ki birkaç metre uzaklıktan ben bile duyuyorum kızın söylediklerini. Murat ise "Aşkım ne oldu, ne oldu aşkım?" nakaratlarıyla çaresizce kıvranıyor. Nevin otomatiğe bağlamış haşlamaya devam ediyor. Murat sonunda dayanamadı ve bağırarak, "Neredesin sen be hatun? Sus ve çabuk bana yerini söyle..." dedi.

Telefonu kapatır kapatmaz "Harbiye'delermiş abi, hadi yürü" diyerek taksi aranmaya başladı.

Taksiye bindiğimizde Murat biraz daha yatışmış gibiydi. İşi garantiye almak için önceden söylediklerimi tekrarladım:

"Söylediklerimi sakın unutma. Yalan söyleme ama her şeyi de anlatma. Eksik anlat sadece. Onu ne kadar çok sevdiğini söyle, ya oğlum ne bileyim işte hissettiklerini söyle. Sonuçta âşık değil misin sen bu kadına?"

"Evet abi, hem de çok."

Gülmeye başladım:

"Kızlar kucağındayken oldukça belliydi aşkın..."

"O ayrı o ayrı abi. Karıştırma oraları. Yalnız sarışını nereden buldunuz kız yıkılıyordu..."

"Şimdi boş ver o sarışını da Nevin'e fokuslan bence. Ayrıca ben seninle kulübe kadar geleceğim ama sen içeri yalnız girmelisin bence. Baş başa konuşun, arkadaşlarından da uzakta, yalnız olun. Birileri yanınızda olursa gaza gelirsiniz. Ayrıca Nevin beni görürse üstüme filan yürür maazallah. Kapıda seni bırakıp eve dönerim, sonrasında mutlaka ara, sorun çıkarsa da atla bana gel."

Murat itiraz edecek sanıyordum ama başıyla onaylayarak, "Tamam abi haklısın, yalnız olsam daha iyi..." dedi.

Kulübün önüne geldiğimizde tam Murat taksiden inerken onu durdurdum.

"Şu ceketini de ver bana istersen, ruj lekesiyle Nevin'in karşısına çıkmak için hiç doğru bir zaman değil."

***

Yarım saat kadar o civarlarda oyalandım. Eğer bir fırtına kopacaksa o arada olur. Baktım ki bizimkinden ses seda çıkmıyor, eve döndüm. *Yırttık galiba...*

Aradan birkaç saat geçtikten sonra Murat aradı. Sesinden huzur fışkırıyordu.

"Hallettim abi, hiçbir sorun yok. Nevin kulübün ortasında bağırırken ben onun sesini bastırdım ve avazım çıkığı kadar 'Âşığım ulan sana!' diye bağırdım ve kolundan çektiğim gibi öptüm. Hatta tüm arkadaşları ve içerideki millet alkışladı bizi. Sahneyi kaçırdın abi, vallahi Türk filmi gibi değildi tam bir Hollywood filmi sahnesiydi."

"Vay Brad Pitt oldum diyorsun yani? Aşk böceği kıvamına dönmüşsün yine bakıyorum."

"Aşk böcüğüyüm ben abi, Nevin de çiçeğim benim. Ayrıca Nevin sana hiç kızgın değil. 'O senin arkadaşın, onun görevi bu partiyi hazırlamak ama keşke bana doğru şekilde önceden anlatsaydın, arkamdan gizli dolaplar çevirmene sinirlendim' dedi. Seni çok seviyor merak etme. Hatta kız arkadaşlarından birini ayarlamayı bile düşünüyor sana..."

Gülmeye başladım.

"Haklı oğlum kız. Hep ne söylerim: Asla yalan söyleme, eksik anlat..."

Nevin akıllı kız; baktı ki bekâr, çapkın arkadaşıyla baş edemeyecek bari çocuğun da başını bağlayayım dedi. *Yemezler...*

***

Murat'ın, en samimi arkadaşımın evleneceğine hâlâ inanamıyorum. Yıllardır gece gündüz gezdiğim, acı tatlı sayısız maceralar yaşadığım, sürttüğüm, çapkınlık yaptığım yol arkadaşımı kaybediyorum. Bu aynı zamanda gece öksüzlüğü gibi bir şey. Kendimi özellikle de gece hayatında yalnız hissetmeye başladım. Yeni bir yol arkadaşı bulmam gerekiyor şimdi. Bu da o kadar kolay değil. Barlara, partilere bundan sonra yalnız gitmek zorundayım. Devamlı birlikte gezen arkadaşlar arasında önceden kararlaştırılmamış bir uyum vardır, o daha bir şey söylemeden, yüz ifadesinden ne demek istediğini bilirsiniz. Saçmalaması, saçmalamanız, sarhoş olup dağıtışlarınız, küçük şeylere kızıp, büyük olaylara sesinizi çıkarmayışınız, kısaca başkasına garip gelen, rahatsız edebilecek her şey samimi arkadaşlar arasında gayet normaldir. Diğerinin ruhunu bilir, ne olursa olsun yanında olur. Uzun cümleler kurmadan anlar, anlatır, gerektiğinde uzak durmayı da, nefes aldırmayı da bilir.

Murat tabii ki en samimi arkadaşım hatta kardeşim olarak kalacak, yine her şeyimizi paylaşacağız ama doğal olarak gece gezmelerimiz azalacak ve neredeyse bitecek. En yakın arkadaşının evlenmesi demek onun bekâr arkadaşının da hayatının değişmesi demek. Ekürisiz kaldım ben, gece öksüzüyüm artık. Nevin'in bana da şefkat göstermesi gerek...

***

Murat'ın mutlu olmasını tabii ki çok istiyorum ve onun bu çocuksu evlenme heyecanı beni de sardı. Fakat yine de arkadaşlık görevimi yerine getirmem gerekiyor ve onunla evlilik kararı hakkında son bir konuşma daha yapmalıyım diye düşündüm. Sakın yanlış anlamayın, Nevin'i çok seviyorum, birbirlerine çok yakışıyorlar ve evlilik Murat'a yarayacak diye düşünüyorum orası ayrı ama bu arkadaşlık görevim benim...

Düğünden bir gün önce Murat'la buluştuk.

"Murat, seninle kaç yıllık arkadaşız?"

"Ne bileyim abi? Çok yıllık... Hem nasıl bir lafa giriş lan bu? Duygusal bir konuşma falan mı yapacaksın? Mendil filan vereyim mi?"

Murat cıvımaya daha fazla başlamadan bodoslama konuya girdim:

"Düğüne yirmi dört saatten az kaldı. Yarın bu saatlerde evli bir adam olacaksın ve ben arkadaşın olarak son vazifemi yapıyorum sana. O yüzden sakın lafımı kesme. İlk ve son kez soracağım sana. Yarın gerçekten evlenmek istiyor musun? Evli bir adam olmaya hazır mısın? İyi düşün ve öyle cevap ver. Başka hiçbir şey düşünmeden yanıtla. 'Her şeyi organize ettim, artık bunun geri dönüşü yok, millete rezil olurum' tarzı düşünceler içine girme. Hemen ilk uçakla yurtdışına kaçırırım seni. Merak etme, ben her şeyi hallederim. Sen yeter ki gerçek hislerinle hareket et..."

Murat ayağa kalkıp bana sarıldı:

"Yurtdışına kaçma fikri ne kadar cazip gelse de, bu halimden çok mutluyum abi. Nevin'e deliler gibi âşığım ve gerçekten evlenmek istiyorum. Evliliğe hazır mıyım? İşte bunu cevaplayamam, zaten hangi erkek bu soruya içten bir evet diyebilir ki? Gerçek bir dostsun sen... Darısı başına, senin de gözlerini kör edecek bir kız çıkar karşına inşallah..."

Murat'ı gülerek ittim.

"Duygusal diyene bak..."

Aklıma yine Hande geldi. Bazı kokular, bazı sözler ve bazı düşünceler bile tetikliyor hayalini... Hande'nin hayaletini kovmak için hemen konuyu değiştirdim.

"Boş ver bunları da, sen söyle bakalım Nevin'in arkadaşları nasıl? Ayrıca Nevin yengeme söyle sözünü unutmasın, yarın hepsiyle teker teker tanışmak istiyorum..."

***

Murat'a aşkın da bir ömrü olduğunu söylemedim. Bu hayal kırıklığını yaşamış tüm kurbanların yaptığı gibi yaptım ve sırrı bende sakladım. Aşkın mevsimlerinden, süreçlerinden ve yaşam döngüsünden ona bahsetmedim.

Aşk ilk günlerinde tutku ile beslenir, ne de olsa kalp

yeni aşka her zaman açtır. Fakat zaman geçtikçe, karnı doymaya başlarken o ilk yediği doyumsuz yemeğin tadı hâlâ damağında kaldığı için şefkat alıp vererek oyalanır. Sonunda o kadar tıka basa doyar ki yemek sonrası, sıkıntı yüklü bir kahve içer ve sofradan kalkar. O yemeği tüketmiştir artık. Yeni sofralara gözünü dikmeye başlamıştır bile... Aşk, evrelerini yaşamıştır sadece: tutku-şefkat-sıkılma...

İlk aylarda "O, hayatımın tek anlamı, onsuz yaşayamam" diye düşünürken ilerleyen zamanlarda "Evet, o olmazsa üzülürüm, boşluk yaratır içimde ama onsuz da hayatıma devam edebilirim" hissi kendini gösterir ve en sonunda "Onsuz çok daha iyiyim galiba" demeler başlar. Yani Aşk'ın Bermuda Şeytan Üçgeni olan: tutku-alışkanlık-tekdüzelik...

Tutku; hep ön planda, başroldedir Aşk'ta... Bizi coşturan, içine çeken, karşı konulmaz bir tuzak. Alışkanlıklar ise ayrıkotlarıdır aşkın. Tutku bittiğinde yabani ve zehirli otlar bitmeye başlar, işte onlara ihanet diyoruz.

Son yıllarda evlilikler de böyle yürüyor. Tutku ile başlayıp, şefkat ile uzayıp, tekdüzelik ve sıkıntı ile sonlanıyor. Evli bir çift önce eşyalarını heyecanla seçip alıyor, ilerleyen yıllarda sıkılıp da atmaya kıyamadığı eşyaların yerlerini değiştiriyor ve en sonunda o eşyaları paylaşmıyorlar mı?

Bilimadamları Aşk'ı bir kalp macerası olarak değil beynin kimyasal aktivitesi olarak anlatır. Hatta Aşk'ın kimyasını ve formülünü bile çözmüş adamlar. Beynimizin salgıladığı feniletilamin, dopamin ve norepinefrin hormonlarına atmışlar tüm suçu.

Aşk'ın temelini oluşturan yavrulama, çoğalma dürtümüz yani seks ve tutku tüm bu bilimselliğin, formüllerin önüne geçiyor. Tüm bunları yapanın hormon olup olmadığının bir anlamı kalmıyor. Çünkü kalp olduğuna inanmak istiyor. Yazarların, şairlerin, düşünürlerin aşk tarifleri, profesörlerin formüllerinden çok daha hoş geliyor kulağımıza. Şairlerin anlattığı aşklara inanmak istiyoruz, inanmalıyız da... Aşk'ın var olmadığı bir dünyada kim yaşamak ister ki? Aşk'tan kaçmamız bizim insanlığımızdan kaçışımız değil mi aslında?

Aşkın formülünü keşfeden o profesörle tanışmak isterdim. Ona birkaç sorum var: "Kaç kere âşık oldun? Şayet olduysan niye bulduğun hormonların isimlerini âşık olduğun kişilerin isimlerinden türetmedin?"

Nasıl her birimiz bir gün öleceğimizi bilip, sanki hiç ölmeyecekmiş gibi yaşıyorsak; Aşk'ın da bir gün bitebileceğinden ürküp âşık olmaktan kaçmamalıyız. "Aşk daha başlamadan kaybedilmiş bir savaştır" derler. Fakat daha başlamadan kaybedeceğimizi bildiğimiz o savaşa girişmezsek; yaşayabileceğimiz tüm o heyecanları, duyguları, sevinçleri, hüzünleri hatta yenilgileri tadamayız. Bu dondurmayı çok sevip, yemeye başlarsam sonunda biter korkusuyla yemekten vazgeçmek gibi bir şey veya ölmekten delice korkup intihar etmek gibi...

Zaten Aşk'tan kaçmak da Aşk'a âşık olmak kadar saçma. Aşk; bizim mantığımızın üstünde oturan ve onunla tek dalga geçebilen şımarık bir kız çocuğu gibi değil mi?

Murat'a tabii ki bunlardan bahsetmedim, ben bunları kendime bile söyleyemiyorum ki zaten...

-8-

Sonunda o kutsal gün geldi çattı. Murat'la Nevin evleniyor... Arkadaşlar arasında küçük bir parti olarak düşünülmeye başlanan düğün, Nevin tarafından çaktırmadan usul usul Boğaz'daki beş yıldızlı bir otelin bahçesinde 400 kişilik bir festivale dönüştü. Arada Murat'ın sızlanmalarını da Nevin değil, ben çekiyorum:

"Düğüne harcadığım parayla son model bir spor araba alırdım, gelinliğe verdiğimle de bir motosiklet, kız bunu giyip birkaç saat gezecek, ben yıllarca gezerdim abi, yazık değil mi bana?"

Bu laflardan sıkılmış halde Murat' a döndüm:

"Seni çok zayıflamış gördüm, düğün sana yaramış bakıyorum."

"Yok abi ne zayıflaması? Stresten kilo bile aldım."

"Oğlum kilona demedim, orası belli, ayı gibi olmuşsun. Cüzdanından bahsediyorum."

Bu kadar masraf belki de damadın boşanmasını zorlaştırsın diyedir. Kim o kadar yatırım ve harcama yaptıktan sonra acele bir şekilde iflas etmek ister ki?

Öğleden sonra smokinimi yanıma alıp düğünün yapılacağı oteldeki Murat'ın odasına gittim. Daha törenin başlamasına dört saat var ama bizimki şimdiden çok heyecanlı ve içmeye başlamış bile. Bir yandan da söylenmeye devam ediyor:

"Of abi, nereden açtım bu işleri başıma? 400 kişi geliyor, düşünebiliyor musun? Hadi geçtim harcadığım parayı ki geçemiyorum, şimdi her birini bir kere öpsem çift yanak 800 eder. Ulan dudağım, yanağım uyuşur benim."

Gülmeye başladım.

"Sen kaşındın oğlum, şimdi keyfini çıkar o terli öpücüklerin."

Törenin başlamasına yarım saat kalana kadar Murat'ın yanından ayrılmadım. İyi ki de öyle yapmışım; adamın elinden içkileri almasam düğüne katılamayacak kadar sarhoş olacak. Zaten Nevin arada beni arayıp "Sakın içirme Murat'a" diye talimatlar veriyor. Kız çoktan çözmüş bizimkini.

***

Düğün töreninin yapılacağı bahçeye indim, millet çoktan gelmiş bile. O kadar çok arkadaşımla merhabalaşıp öpüştüm ki, Murat'a hak vermeye başladım. İşi gerçekten zor. Murat tarafından gelen misafirlerin neredeyse tamamını tanıyorum. Hepsi ortak arkadaşlarımız, konu da ortak: "Murat nasıl oldu da evlenmeye karar verdi? Son anda vazgeçip kaçmasın bu adam, hâlâ odada olduğundan emin misin?"

Tam bir arkadaşımla bu ve benzeri konuları konuşurken gözüm az ileride duran bir kıza kaydı. Aslında gözümün ucuyla gördüm; arkası dönük sadece uzun saçlarını görebiliyorum. İçim bir anda cız etti. Yine bir "Hande gördüm sanki" cızlaması bu bahsettiğim. Ara ara kokularla, laflarla, kimi zaman da böyle benzetmelerle burkulmaya devam ediyorum.

Daha iyi görebilmek için arkadaşımın yanından lafımı yarım bırakarak o yöne hareket ettim, ama nafile; ortam o kadar kalabalık ki, bu kargaşanın içinde kaybettim uzun saçlı silueti. Etrafa bakındım, yok kayboldu... *Hayallerim bile dalga geçiyor benimle.* Hande'nin hayaleti düğünde de takip ediyor beni. Nasıl "Her sakallı amcam değilse, her gördüğüm uzun saçlı da Hande değil" dedim kendi kendime ve oturacağım masayı aramaya başladım.

Pistin yanındaki masamı bulmam zor olmadı, ne de olsa bizim grubun yarısı aynı masada oturuyordu. Hemen solumda oturan Emre beni görür görmez söylenmeye başladı:

"Ulan o kadar söyledim Murat'a yanıma Nevin'in güzel arkadaşlarından birini oturt diye. Seni mi oturtmuş? Bıktım oğlum senin suratını görmekten."

"Ben sanki bayılıyorum sana. Zaten bekârlığa veda gecesi sattınız iki dakikada, tekneden inmediniz bile. Eee, nasıldı partinin devamı?"

"Yıkılıyordu abi, çok eğlendik. Döndüğümüzde hava aydınlanmıştı bile. Gerisini anla artık..."

Emre heyecanla gecenin devamını anlatırken bir anda duraksadı ve yan tarafıma gözünü dikti. Nereye bakıyor bu diye döndüm. Tam sağımdaki sandalyeye bir kız oturmak üzere. Arkası henüz bana dönük, bir arkadaşıyla konuşuyor. Krem rengi elbisesinin dekoltesinden görünen sırtını simsiyah uzun saçları kapatıyor. Yine rüya görüyorum, yine benzetiyorum diye düşünürken, burnuma o koku geldi. Evet; buram buram "o" kokuyor. Kimi zaman gözüm, kimi zaman burnum yanılttı beni ama bu sefer ikisi birlikte çalışıyor. Şaşkınlık içinde ayağa kalktım, o kadar hızlı yaptım ki bu hareketi sandalyem arkaya doğru devrildi. Siyah saçlar, o nefis koku bana doğru yavaş yavaş dönmeye başladı, ağır çekim gibi geldi bana o birkaç saniye.

Döndü, döndü, döndü ve o güzel gözleri benimkilerle buluştu. Hande tam karşımda hatta yanımda duruyor. Şaşkınlıktan dilim tutuldu, gözlerimi ondan ayırmadan devrilen sandalyemi kaldırmaya çalışıyorum.

Oysaki ne çok şey vardı Hande'yle zihnimde konuştuğum. Şu an hiçbiri yok, öylece kalakaldım. O da çok şaşkın, kocaman gözlerini daha da açmış bana bakıyor. O da benim gibi duraksadı. Sonunda ağzından, "İnanamıyorum, ne işin var senin burada?" cümlesi döküldü.

Gerçekten de; en güzel şeyler, en beklenmedik zamanlarda oluyormuş...

Cevap veremedim, uzanıp öptüm onu. Paris'teki öpüşmemiz gibi değildi. Uzun zamandır birbirini görmeyen iki arkadaş gibiydik. Ama yanağına değen dudağım, olması gerekenden birkaç salise daha uzun kaldı. Kokusunu içime çektim çaktırmadan, ayrıldık ama gözlerimiz ayrılmadı. Oturana kadar baktılar birbirlerine.

Hande benimle aynı masada, hem de tam sağımda oturuyor ve bu sefer çok gerçek. İnsanlar konuşmayı mı kesti? Müzik sustu mu, zaman dondu mu? Herkes nereye gitti? Sadece Hande var şimdi. Hande sanki benim dünyam, ben de onun etrafında dönen Ay. *Yine konuşamıyorum.*

"Nevin'in arkadaşı olsan bilirdim. Murat'ın arkadaşı mısın sen yoksa?"

"Evet, Murat en samimi arkadaşım."

Konuşabiliyormuşum ben, yaşasın.

Hande'nin bakışlarındaki muzipliği yakaladım, bir kız nasıl bu kadar masum ama bir o kadar da yaramaz bakabilir?

"Hımmm... şimdi anladım kim olduğunu. Şu Murat'ı yoldan çıkaran, bekârlığa veda partisini organize eden o meşhur çapkın sensin demek."

Duymak istediğim en son insandan, Hande'den bunları duymak hiç hoş değil. "Meşhur çapkın!" Yakıştırmaya bak.

"Öyle demesek, en samimi arkadaşının partisinde yanında olan vefalı dost falan desek?"

"O sözde vefalı dost neredeyse ayırıyordu onları. Tüm gece Nevin'in ağlamasıyla ben uğraşmak zorunda kaldım. Kulakların çınlamıştır belki, seni andım da tüm akşam. Gerçi o çapkın arkadaşın sen olduğunu bilmiyordum."

"Sen hep benim üstüme gelmek zorunda mısın? Bu arada ben de sizi andım. Kınalı ellerinizle Instagram'daki fotoğrafı inceleyişiniz gözümün önünden gitmedi."

Bunları söylerken gözlerim ellerine kaydı, avucunun içindeki silik kına çarptı gözüme. Hande utanarak hemen avucunu kapattı. "Âdet işte ne yapayım?" gibi bir şeyler mırıldandı. İlgiyi benim çapkınlığımdan kınaya çekmeyi başardım. Tekrar gözlerine baktım. *Ayıramıyorum gözlerimi senden, o kadar güzelsin ki...*

"O kadar çok seni görmek istedim, o kadar çok gördüm sandım ve defalarca konuştum seninle" diyebilmeyi isterdim. Ama ağzımdan çıkan farklıydı:

"Seni bir daha hiç göremeyeceğimi sanmıştım."

Gözlerini gözlerimden kaçırdı. Utandığını hissettim. Sustu, cevap vermedi. Israrlı olmamak için konuyu değiştirdim.

"Bu durumda sen de Nevin'in en yakın arkadaşısın galiba? Kaybediyoruz arkadaşlarımızı..."

"Bilmem, belki de kazanıyoruz. Nevin o kadar mutlu ki."

"Hele Murat, en sevdiği oyuncağını bulmuş çocuk gibi, uçuyor havalara."

Bana tekrar baktı, yine altından ne çıkacak diye beklediğim o yaramaz ifade suratında.

"Eee, anlat bakalım, seninkiyle aranız nasıl?"

Bir an şaşırdım, bu soru çalışmadığım yerden geldi. Zaman kazanmak için, "Hangi benimki?" diye sordum.

Bırak bu işleri der gibi bir bakış attı.

"Diğer seninkileri bilmiyorum. Paris'te buluştuğun sevgilin... Hani şu Amerikalı kız."

Sen de ilgilisin benimle, biliyorum. Unutmamışsın...

Tam "O benim kız sevgilim değildi ki, sana söylemiştim ya" demek üzereyken susturdu beni.

"Gerçi bu tarz soruların cevabı soruyu kimin sorduğuna bağlı olarak değişir. Sen kesin şimdi biz çoktan ayrıldık diyeceksin."

Bu kızın özgüveni, hazırcevapları öldürecek beni. Gülmeye başladım. "Yok canım gayet iyiyiz, hatta haftaya evleniyoruz" demek geçti içimden.

"Ne laflar varmış sende. Hatırlarsan Paris'te söylemiştim sana sevgili falan olmadığımızı."

Hâlâ inanamıyorum Hande'nin yanımda oturduğuna. Hande'nin hayalet olmadığını kendime ispat etmek ister gibi Emre'ye dönüp, "Sizi tanıştırayım. Hande, bu da Emre" dedim.

Emre'den "Ne diyorsun oğlum, dalga mı geçiyorsun? Kimse yok yanında" gibi bir cevap bekliyorum. Ama "Memnun oldum" diyerek el sıkıştılar. *Vallahi gerçek bu Hande.*

Emre'nin Hande ile el sıkışması bile rahatsız etti beni, anında kıskançlık duygusu belirdi. *Neler oluyor bana?* Ben böyle bir adam değilim ki. Yaşadığım duygu bir sahiplenme mi yoksa kıskançlık mı? O an bunun cevabını henüz bilmiyordum.

Emre'ye *uzak dur bu kızdan, o benim ilgi alanımda* bakışı attım. Utanmasam bölgesini sahiplenmek isteyen erkek köpekler gibi Hande'nin sandalyesinin etrafına işeyeceğim. Emre anında anladığını belli eden bir mimikle rahatlattı beni. Biz samimi arkadaşlar ufak jestlerle çok rahat anlaşabiliyoruz.

Hande de yanında oturan arkadaşını bizimle tanıştırmak zorunda hissetti kendini. Kıza dönerek, "Bak seni kimlerle tanıştıracağım. Arkadaşım Arzu ve bunlar da bekârlığa veda gecemizi mahvedenler..." dedi.

Emre ve ben takınabildiğimiz en masum surat ifadesiyle birbirimizi göstererek aynı anda itiraz ettik.

"Ben tamamen masumum, her şey onun başının altından çıktı."

Arkasından dayanamayarak Hande'nin kınalı ellerine bakarak lafı yapıştırdım:

"Sizin yaptığınız kına gecesi bu arada. Bekârlığa veda başka türlü oluyor..."

Emre anında ayağa kalktı ve Arzu'nun yanına giderek elini sıktı, sorgusuz sualsiz yanına oturdu. Emre'nin düğün hedefi de böylece belli oldu. Seviyorum arkadaşlarımı; bu sayede Arzu'nun bizi bölmesini engelleyecek. Hande ile konuşmak istediklerim var, hem de oldukça fazla.

Hande bana döndü ve yine atışmaya başladık.

"Senin tüm arkadaşların böyle mi?"

"Nasıl mı?"

"Yani hepiniz çapkın mısınız?"

"Çapkın demesek de aşk peşinde koşuyor desek?"

"Aşk mı yoksa seks peşinden mi?"

"Seks aşkın meyvesi değil mi?"

"O zaman niye meyveyi hamken yemeye çalışıyorsunuz? Sonra da tadı ekşi diyerek bir tarafa atıyorsunuz?"

"Aslında tadı ekşi diye atmıyoruz, bilmiyorum bu kadar açık olabilir miyim sana ama o kadar çok meyve var ki, bize uygun olanını bulmak için tadım yapıyoruz bazen."

Kimi zaman ağzımdan çıkanları geri almak istiyorum ama Hande ile konuşurken dürüstlüğüm hep önüme geçiyor, politik olamıyorum bu kıza... Hande'nin bakışlarından hafif kızdığı belli. *Biraz dikkat et söylediklerine.*

"Evet, fazla açık oldun, ayrıca söyle arkadaşına, yanlış ağacın meyvesini koparmaya çalışıyor. Arzu hiçbir şekilde yüz vermez ona, boşa zaman kaybetmesin. Gerçi bana ne ama yine de söylemek istedim."

Emre ve Arzu'ya gözucuyla baktığımda; Arzu'nun

Emre'ye dönük oturduğunu hatta saçlarıyla oynadığını fark ettim. Emre ise Arzu'nun gözlerinin içine bakıyor. *Bu iş çoktan olmuş Handeciğim...* Durumdan avantaj çıkarmak için aklıma parlak bir fikir geldi:

"Hiç sanmıyorum, hatta bir saat içerisinde dansa kalkarlar ve düğün sonunda muhtemelen beraber çıkarlar buradan. Ben arkadaşımı iyi tanırım."

"Ben de Arzu'yu çok iyi tanırım. Öyle ucuz numaraları yemez."

Konu istediğim yere gidiyor.

"O kadar eminsen iddiaya girelim. Şayet bir saat içerisinde dansa kalkarlarsa çarşamba akşamı Papermoon'a yemeğe gidiyoruz."

Hande gülmeye başladı.

"Arkadaşlarımızın üzerine kumar oynamaya utanmıyor musun? Ayrıca hiç şansın yok, bu iddiayı şimdiden kaybettin."

Saatine baktı ve "Bir saat başladı" dedi.

İddiayı mühürlemek bahanesiyle ama aslında Hande'nin ellerini tutmak için elimi uzattım, ellerimiz buluştu. *Sana dokunmak çok güzel...*

Hayatımda ilk defa bir arkadaşımın kız ayarlaması için içimden dua ettim: "*Ey Eros, tüm oklarını Emre ve Arzu'ya yönelt. Yok yok vazgeçtim önce Hande ve bana...*"

***

Müstakbel gelin ve damadın çıkacakları haberi gelince onları daha iyi görebilmek için yürüyecekleri alana beraber gittik. Tam Nevin ile Murat yanımızdan geçerken bizi fark ettiler. Nevin gözucuyla ikimize baktı, hızlıca bana eğildi, göz kırparak, "Sözümü tuttum ben..." dedi. Boşuna sevmemişim yengemi; en sevdiği arkadaşını, hem de benim aklımdan çıkmak bilmeyen Hande'yi bana yakıştırmış ve tam yanıma oturtmuş. O an sarılıp öpesim geldi. *Canım yengem benim...*

Murat'ı nikâh şahidi olarak kendi ellerimle evlendirdikten sonra masama geri döndüm. Gerçi Murat'ın da önceden söylediği gibi; benim şahitliğimden ne halt olursa?

Saatimi kontrol ettim, iddianın bitmesine yarım saat kalmış. Emre'de henüz bir tık olmadığı gibi üstelik de ilgisi masamızda oturan abartılı göğüs dekolteli başka bir kıza kaymış gibi görünüyor. Kaybedemem ben bu iddiayı, o yemeğe birlikte çıkılacak... Acilen bir şeyler yapmam lazım.

Emre'nin yanına gidip durumu anlatmak geçiyor içimden ama Hande'nin hilemi çakmasından korkuyorum. En iyisi belli etmeden bir mesaj atmak. Durumu kısaca yazarak mesajı yolladım ama Emre gürültüden fark etmedi. Baktım mesajı fark etmesi uzun bir zaman alacak, ben de çareyi onu aramakta buldum. Emre çalan telefonunu eline aldı ve yüksek sesle, "Oğlum yanlışlıkla beni arıyorsun galiba, kapat şu telefonunu" dedi.

Hande'ye panikle döndüm, Allahtan durumu çakmamış. "Aaa, öyle mi? Seni mi aramışım?" gibi bir şeyler geveledim. *Emre bazen gerçekten çok geri zekâlısın...*

Eline telefonu almasıyla mesajımı gördü, bana bakarak güldü ve mesajımı cevapladı:

O iş bende abi, sen merak etme...

Hande'nin yanımda oturduğuna hâlâ inanamıyorum. Dokunabileceğim kadar yakınımda ve elimde olmadan, kimi zaman da farkına varmadan dokunuyorum ona yavaşça. Gürültülü ortamı bahane ederek bir şeyler söylemek için eğiliyorum ona doğru, kokusunu çaktırmadan içime çekip omzuna değiyorum ürkekçe. Çekilmiyor, hatta bana doğru yaklaşıyor gibi geliyor; bilmiyorum, belki de öyle olduğunu hayal ediyorum umutsuzca. İçimden ona kaçamak dokunuşlarla değil, her istediğimde, istediğim gibi dokunabilmek geçiyor. Onu doya doya koklamak, öpmek istiyorum.

Boynunun sol tarafında belli belirsiz bir ben var ve gözüm ona takılıyor, Paris'teki restoranda fark etmiştim o beni, şimdi kendini tekrar hatırlattı. Üzerine düşen o simsiyah saçları kenara çekip, o güzel boynunun ortasındaki vahayı öpmek istiyorum. İçimden isim koymak geçiyor o bene, sahiplenmek, tek sahibi olmak istiyorum. *Seni istiyorum Hande, hem de hiç kimseyi istemediğim kadar.*

Ben Hande'nin kokusunda, saçlarında, bana bakışlarında, o yaramaz gülümsemesinde, boynunda, adını henüz koyamadığım o beninde dalıp gitmişken Emre'nin kart sesiyle kendime geliyorum:

"Ne oluyoruz millet? Camiye mi geldik? Bu masanın en eğlenceli masa olması gerekirken siz öyle uyuz uyuz oturuyorsunuz. Bizi gören, pistin önündeki düğünü coşturan masa değil de en köşedeki uzak akraba masası sanacak. Hadi artık eğlenelim biraz."

Bunları ayakta, bağıra bağıra söyledikten sonra kadehini kaldırdı, Arzu'ya bakarak tüm masaya seslendi.

"Nevin ve Murat'a... Onlar gibi âşık olabilmeye..."

Kadehlerimiz tokuşurken Hande'nin gözlerinin içine baktım. Kadehlerimizi masaya bırakana kadar ayırmadık utangaç gözlerimizi, aynı Paris'te yaptığımız gibi.

Emre kadeh kaldırma konuşmasının hemen sonrasında Arzu'ya ellerini uzatarak, eski Yeşilçam filmlerindeki jönler gibi bir tonla "Güzel hanımefendi, şayet bu dansı bana lütfederseniz, beni dünyanın en bahtiyar erkeği yaparsınız..." dedi.

Hande'nin çok iyi tanıdığını iddia ettiği o arkadaşı anında kıkırdayarak yerinden fırladı.

"Memnuniyetle beyefendi... Hiç sormayacaksınız sanmıştım."

Hande'nin şaşkın bakışları arasında onlar dansa kalkarken sırıtarak kulağına fısıldadım:

"Unutma, çarşamba akşam saat sekizde Papermoon'da..."

Hande'nin şaşkınlığı henüz geçmeden fırsattan yararlandım ve ellerinden tutarak dansa kaldırdım. İlk başta itiraz eder gibi olsa da "En samimi arkadaşlarımızın düğününde dans etmezsek çok ayıp olur" dememle ayağa kalktı, ellerimiz ayrılmadan dans pistine doğru yürüdük.

Çalan slow şarkının eşliğinde bir elimi onun beline yavaşça doladım, elektrik çarptı sanki beni, kendime doğru daha fazla çekmek geçti içimden. Elimi omzuna, çıplak tenine koyarken Hande'nin ürperdiğini hissettim. Dans etmeye başladık. Oldum olası dans etmeyi beceremedim ve ilk defa bu beceriksizliğimi eksiklik olarak gördüm. "Kesin ayağına basarım Hande'nin..." diye içimden geçiriyordum ki kokusu tüm düşüncelerimi altüst etti. Kendimi o ana ve o kokuya teslim ettim. Müzik ve Hande dışında her şey yok oldu. Sadece ikimiz kaldık ve yine biz dışında her şey bulanıklaştı. Kokusundan başım döner gibi oldu bir an. Benden beklenmeyecek bir uyum içerisinde dans etmeye başladık. Ben mi onu yönetiyordum o mu beni bilemiyorum, tek bildiğim tek bir vücut gibi dans edişimiz. Ona biraz daha yaklaştım, sıcaklığını yüzümde, vücudumda hissettim. *Terlemeye mi başlıyorum? Hava o kadar sıcak değil ki.*

Daha birkaç saat öncesine kadar sonsuza dek kaybettim sandığım Hande'ye sarılmış dans ediyorum. *Rüyada mıyım? Uyanmak istemiyorum.* Aklıma yıllar önce duyduğum bir hikâye geldi. Hikâyeyi tartmadan, sonunu bile hatırlamadan fısıldayarak Hande'ye anlatmaya başladım:

"Adamın biri bir gün rüyasında kelebek olduğunu görmüş. Kırlarda, ormanlarda uçuyor, çiçeklere, yapraklara konuyormuş. Rüyası o kadar gerçekmiş ki uyanınca etkisinden kurtulamamış ve hayatı boyunca 'Rüyamda kelebek olduğunu gören ben miydim yoksa kelebek mi beni hâlâ rüyasında görüyor?' sorusuna cevap verememiş. İşte şu an hissettiğim duygu tam bu. Seni bir daha hiç göremeyeceğimi düşünürken, şu an o kadar yanımdasın ki, kafam karıştı... Hâlâ rüya mı görüyorum? Yoksa rüyamdan yeni mi uyandım?"

Hande bana kaçamak bir bakış attı ve buğulu gibi gördüğüm gözlerini tekrar kaçırdı, birkaç saniyelik bir suskunluktan sonra fısıldadı:

"Bilmiyorum... Benim de kafam yeterince karışık şu an, lütfen daha da karıştırma."

Ne diyeceğimi, ne yapacağımı, ne düşüneceğimi bilemedim. Kokusunu içime çekerek sustum sadece.

Hande'nin de benden etkilendiğini hissedebiliyorum ama diğer yandan bana yeterince güvenemediği, yaşadığı tecrübelerinin de etkisiyle benim gibi bir adamdan, ilişkiden ürktüğü hatta kaçtığı da çok belli. Onu daha fazla ürkütmemek için susmaya çalışıyorum ama o kokusu, o öpülesi boynu engelliyor beni.

Bir anda çalan şarkının farkına vardım. Tam olarak düştüğüm durumu anlatıyor, sanki Hande'ye söylemek istediklerimi benim yerime söylüyor. Beceremedim susmayı ve kulağına şarkının sözlerini fısıldadım: "Bak pervanelere döndüm seni görünce."

Gülerek bana baktı.

"Balarısına ne oldu peki?"

Bu kızın kıvrak zekâsı beni öldürecek.

"Balarısı, pervane oldu şimdi. Seni bir daha görebileceğimi hiç sanmıyordum."

"Evet, dünya küçükmüş gerçekten. Tesadüfe bak yine karşılaştık."

Bunları umursamaz bir tavırla söyledi gibi geldi bana ve artık daha fazla dayanamadım:

"Ben tesadüflere hiçbir zaman inanmadım. Tesadüfler bir şeyin gerçekleşmesi için yaratılmış kurgulardır. İlkinde gerçekleşmezse ikincisi, üçüncüsü hatta fazlası önüne serilir, ta ki olması gereken olana kadar."

"Kader mi demek istiyorsun?"

"Tam olarak değil... Kader tüm olayların önceden

ve değişmeyecek biçimde düzenlenmesidir, yani değiştiremezsin."

"Burada karşılaşmamız tesadüf değil mi yani?..."

Kendimi tutamadım. Hande'yi silkelemek, "Kendine gel ve anla artık" demek geldi içimden.

"Sadece burası mı sence? Seninle ilk tanıştığımız günün sabahındaydı uçuşum ama kaçırdım uçağımı, saatler sonraki diğer uçuşuma koştururken havaalanında gördüm ilk kez seni. Sen fark etmedin belki ama ben o kadar kalabalığın içinde bir tek seni fark ettim, tanımak istedim yanımdan habersizce geçerken. Sonra uçağa binişini gördüm, içimden dualar ettim yanıma otur diye. Oturdun. Koca Paris'te neredeyse yan yana otellerde kaldık. Ve seni kaybettim derken bugün yine yanıma oturdun. Ayrıca senin tesadüf dediklerin bununla da bitmiyor. Hani uçakta okuduğun o kitap var ya, işte o kitabın yazarı da benim. Şimdi söyle bana; tüm bunlar sadece tesadüf mü? Eğer öyleyse hiçbir şey anlatmıyor mu tüm bu rastlantılar sana?

Tesadüflerle kaderin birleşmesidir gerçek aşk. Ayrıca ben senin kokunla, hayalinle boğuşurken, senin hiç mi aklına gelmedim?

Hande bir anda durdu. Pistin ortasında hareketsiz kaldık. Buğulu gözleriyle bana baktı, göz buğusu bulaşıcı galiba, benim de gözlerimin dolduğunu hissettim. Ona sıkıca sarılıp "Her şey çok güzel olacak..." demek geçti içimden. Akmayan gözyaşlarını öpmek istedim. Kararsızlığıyla kavga etmek, bana ait olanı içinden çıkartmak istedim. Fakat gözlerine bakmak dışında hiçbir şey yapamadım. Pistin ortasında öylece kaldık birkaç saniye. Ona doğru daha da yaklaştım, o da bana doğru. Öpüşmek üzereydik, dudaklarımızın değmesine son birkaç santim, son birkaç salise... ama o kendini bir anda geri çekti.

"Gitmem gerek... Konuştuklarımızdan mı yoksa içtiğim şaraptan mı bilmiyorum ama başım dönüyor, gitmem gerek."

Duygularınla mantığın çarpışıyor, üstüne bir de üçüncü cephede deneyimlerin, hayal kırıklıkların var. Başının dönmesi çok normal. Benim de başım dönüyor Hande; sana dokunmaktan, kokunu içime çekmekten ve korkularımdan. Kafası karışık olan tek sen değilsin. Ben sadece bıraktım kendimi sana, kokuna teslim oldum. Sen şimdi gidebilirsin ve o yollar bir daha hiç birleşmeyebilir. Yolun, yolum, yolumuz değişebilir. Karşılaşmamız gereken yerde bile karşılaşamayabiliriz. Bu riski göze alabilir misin? Sözde tesadüflerin intikamına katlanabilir misin?

İçimden bunlar bir şelale gibi dökülürken, tek söyleyebildiğim "Lütfen gitme..." oldu.

Ama Hande gitti, o benden uzaklaşırken son ana kadar elini tutabildiğim kadar tuttum, uzadı kollarımız, tam ellerimiz ayrılırken, "Telefon numaranı bile hâlâ bilmiyorum, bari ayakkabının tekini bırak öyle git..." diye seslendim arkasından. Bana döndü gülümsedi. Gözlerinin içine bakarak, "İddiamızı unutma, çarşamba sekizde Papermoon'da" dedim. Tekrar güldü. Bu kız gülünce dünyam aydınlanıyor benim. Arkasını döndü ve gitti...

Pistin ortasında dekoltesinden omzuna, sırtına kadar dökülen siyah saçlarının arkasından öylece bakakaldım. Uzaklaşmasını seyrettim sonuna kadar, o kaybolana dek...

Masama geri döndüğümde o kalabalık ve onlarca arkadaşımın yanında yalnız hissettim kendimi. Yanımdaki boş sandalye dalga geçti benimle tüm gece. O sandalyeyi kaldırtmak istedim ama yapamadım. En sonunda yanımda bulduğum Hande'yi yine kaybettiğimi düşündüm. Külkedisi yine kaçtı benden.

Emre bir yandan kızla fingirdeşirken bir yandan da bana takıldı tüm gece.

"Ne oldu abi? Kuşu ürküttün uçtu gitti galiba?..."

Gecenin sonuna doğru Nevin ve Murat geldi masamıza. Murat çoktan çakırkeyif ve inanılmaz mutlu. Nevin bana dönerek, "Bak sana sözümü tuttum, en sevdiğim arkadaşımı oturttum yanına. Muhteşem bir kız, eğer onu üzeceksen, yanına bile yaklaşma. Şimdiden söylüyorum, bozuşuruz bak!" dedi.

"Biliyorum..." dedim. "Muhteşem bir kız." Murat'a döndüm:

"Paris'e giderken uçakta bir kızla tanıştım demiştim ya."

"Evet kayıp ilanı verelim dediğim kızdan mı bahsediyorsun?"

"Evet, işte o Hande'ymiş..."

-9-

Çarşambaya kadar günler Hande'nin yemeğe gelip gelmeyeceği heyecanı ile geçti. İçim kıpır kıpır. Ne yapsam, nereye gitsem, kiminle konuşsam aklımın bir yerinde hep Hande vardı. Kimi zaman, belki Hande'den bir mesaj gelmiştir diyerek bilinçsizce telefonumu kontrol ettiğimi fark ettim ve her seferinde birbirimizin telefon numarasını bilmediğimizi tekrar hatırladım. Nevin ve Murat'ı arayıp Hande'nin telefonunu istemek geçti içimden ama diğer taraftan zorlamak, diretmek istemedim. Platonik olamadım ben hiçbir zaman. Duyguların karşılıklı olmasına inandım. Hissettiğimi karşımdan hissetmeye alıştım. Zorlama aşklar, tanıdıkça seversinler, mantık yürütmeler, formüller bana göre değil. Hele söz konusu Hande ise hiç değil. Eğer bu akşam yemeğe gelmezse ki bana sorarsanız kesin gelmeyecek, unuturum onu, unutmaya çalışırım. Yaparım, beceririm değil mi? Yeni sahte sevgililer bulurum, tatile giderim, sarhoş olurum, Hande kokmayan tenlerle sevişirim, ta ki üstüme sinen o kokuyu unutana kadar. Alışık değilim ben peşinden koşmaya; şımartılmış, tembelleşmişim belki de...

İşte bu duygularla gittim Papermoon'a. Hande'nin gelmeyeceğinden o kadar eminim ki rezervasyon bile yaptırmadım. Hatta yaşayacağım hayal kırıklığını hızlıca tamir etmek için arkadaşlarıma "Bizim barda buluşalım akşam" bile dedim, topladım hepsini. On dakika bekler yanlarına kaçar, unutma safhasına başlarım diye düşündüm. Çok mu korkağım?

Gelmeyeceğini bilerek gittim, belki bir ümit diye belki de kocaman bir umutla. Hande'nin yanıma geleceği ihtimalini sevdim, kalbimin hızlı atışına, ağzımın kuruyuşuna bayıldım. Ellerimin terleyişi hoşuma gitti. Yaşamadığım, yaşamışsam bile unuttuğum bu duyguyu çok sevdim ben.

Restorandan içeri girip bara oturdum. Bol buzlu viskimi söyledim, buluşmamıza pardon buluşmamamıza daha on beş dakika var. Ellerimin terini soğuttu buzlu bardak, ağzımın kuruluğunu aldı ilk yudumum ama kalbimin atışını yavaşlatmadı. Kalabalık içinde yalnız duran her insanın yaptığı gibi telefonumu kurcaladım, yine Hande'den bir mesaj yok. Her seferinde nasıl inanıyorum buna. Arkadaşlarımı aradım, Bebek'teler, "Hadi gel artık, burası yıkılıyor" diyorlar. "Yarım saate yanınızdayım" deyip tam telefonumu kapattığım anda Hande'nin bana doğru yürüdüğünü fark ettim. Yüzünde o öpülesi gülümsemesiyle yanıma geliyor. Evet geldi Hande, inanamıyorum...

Ayağa kalktım gözlerimi ayıramadan. Son gördüğümde benden gidişini seyrettiğim Hande'nin bana doğru gelişini seyrettim. Kokusuyla, o kocaman gülümsemesiyle yanıma geldi. Zaten o ikisini yanından hiç ayırmıyor. Şaşkınlığımı fark etmiş olacak ki, "Ne oldu, başkasını mı bekliyordun?" dedi.

O kadar şaşkınım ki ne diyeceğimi, elimi nereye koyacağımı bile bilemiyorum. Çocuk gibi hissettim kendimi.

"Gelmeyeceksin sanıyordum."

"Söz verdim mi tutarım ben. Hem kumar borcu namus borcudur derler."

Ne içersin diye sormadan içkisini sipariş ettim. *Biraz tanımaya başladım seni...*

"İyi ki geldin, kaçmayacaksın değil mi bu defa?"

Gülmeye başladı, kadehini kaldırarak, "Neye içiyoruz o zaman?" diye sordu.

Alaycı bir ifadeyle, "Tesadüflere, bizi bir araya getiren rastlantılara..." diye cevap verdim.

Birden aklıma rezervasyon yaptırmadığım geldi, içerisi tıklım tıklım. Nasıl böyle bir hata yaptım? Bir arkadaşımı gördüm bahanesiyle tanıdığım şefin yanına gittim ve elini sıkarak, "Rezervasyonum yok ama acil bir masa lazım bana, kıza rezil olacağım yoksa" dedim. Şeften gelen cevap biraz rahatlattı beni:

"Merak etmeyin, biraz bekleyebilirseniz bir masa ayarlayacağım ama bu akşam çok kalabalık."

Hande'nin yanına döndüm.

"Otursak mı? Çok acıktım, öğle yemeği bile yemedim. İnanılmaz yoğun bir gündü" dedi.

"Tabii ki. İçkilerimizi bitirelim geçeriz masaya." *Umarım...*

Daha ne iş yaptığını bile bilmiyorum diye geçirdim içimden ama sormadım. Şu an için bana boş gelen konulara girmek istemiyorum. Hem zaten yeterince konuşacaklarımız var; işten güçten ortak konu bulmaya çalışmanın bir anlamı da yok. O kadar gerçek ve o kadar yakınımdaydı ki gözüm boynundaki o küçücük benine takıldı yine. Omzuna boynuna dökülen saçlarını kenara çekmek geldi içimden. Yapmadım, yapamadım.

"Çok güzelsin."

Utandı, gözlerini kaçırdı benden. Birkaç saniyelik sessizliğimizi garson bozdu. Masamız hazırmış. *Yaşasın başardım!* Masamıza bizi yönlendirdiğinde anlık mutluluğum yok oldu. Restoranın en köşesinde, daracık bir alanda ve tuvaletin yakınında bir yerde. Ama buna da şükür, en azından tuvaletin yakınında da olsa nur topu gibi bir masamız var bizim. *Rezil oldum Hande'ye*. Bu kadar buluşmak için uğraş dur ve oturduğumuz yere bak. Hande'ye baktım, hayal kırıklığından eser yok, durumdan gayet hoşnut bir halde. Hayatın her anını, şartlar ne olursa olsun gereksiz detaylara takılmadan mutlu yaşayan böyle insanlara bayılıyorum. *Bayılıyorum sana Hande...*

"Rezervasyon yaptırmamıştın değil mi?"

Diyorum ya çok zeki bu kız. *Zekânı öpmek istiyorum...* Biraz utandım ama işi dalgaya vurdum.

"Söyledim ya, gelmeyeceksin sanmıştım. İstersen başka bir yere gidelim?"

"Hiç önemli değil. Takılmam böyle şeylere."

"Tekrar hoş geldin" dedim kadehimi kaldırarak.

Gerçekten hoş geldin hayatıma...

"Bu arada kitabını okudum, ama o konudan bahsetmek istemiyorum şimdi."

"İnan ben de bahsetmek istemiyorum. *İstanbul Erkeği* şu an konuşmak istediğim en son şey."

"Bu arada tesadüflere inanmam demiştin. Sana göre tüm bu rastlantıların sebebi bizim bir araya gelmemiz için mi? Ne yani tüm evren bir olmuş bize mi odaklanmış? Buna gerçekten inanıyor musun? Yoksa *İstanbul Erkeği*'nin çapkın repliklerinden biri mi bu da?"

"Sana inanmadığım hiçbir şey söylemedim ve asla söylemeyeceğim. Hem kitabı bir kenara bıraktık sanıyordum. Evet, tesadüfler hazırlanmış ortamlardır ve tüm bu tesadüfler bizi bir araya getirdi, ben buna tüm kalbimle inanıyorum. Seni daha fazla görmek ve tanımak istiyorum."

"Görüp tanıyacaksın, sonra ne olacak? İlişkiler, özellikle senin gibilerle hep aynı süreçte işlemiyor mu?"

"Benim gibiler derken? Hem neymiş o süreç? Gerçekten merak ettim" dedim ve dediğime pişman oldum. Hande bir anda pençelerini çıkardı ve soluksuz bir şekilde içini dökmeye başladı:

"Tipik günümüz ilişkileri işte. Etkileyici bir adamla tanışıyorsun, akıllı, esprili, kültürlü ve düzgün bir adam yani. Önceleri bana uygun mu diye tartıyor, tanımaya çalışıyorsun. Tanıdıkça bir şeyler hissetmeye başlıyorsun. Zamanla hislerin kuvvetleniyor, onunla daha fazla vakit geçiriyorsun ve bir bakıyorsun ki birlikte olmadığında bile aklın hep onda. Saatlerce telefonda konuşuyor ya da sürekli mesajlaşmaya başlıyorsunuz. Sizi gören arkadaşlarınız ne kadar uyumlu ve yakışan bir çift olduğunuzu söylüyor devamlı. Nazar değecek diye korkmaya bile başlıyorsun. İnanılmaz eğlenip sevişiyorsunuz. Artık o adama ait olduğunu düşünüyor ve ondan önce nasıl yaşadığına hayret etmeye başlıyorsun. Gözün başka bir şey görmüyor, onsuz bir hayat düşünemez hale geliyorsun. Onun doğru erkek olduğundan artık eminsin. Hatta önceki ilişkilerim ne kadar boşmuş diye düşünüyorsun. Sen bunları ona yüksek sesle söylemezken onun da senin gibi düşündüğünden eminsin. O da eğleniyor, özlüyor ve seninle çok mutlu. Sonrasında kararını veriyorsun; hayatımı, geleceğimi bu adamla geçirmeliyim diye. Ondan bir şeyler duymak, gelecek planları işitmek istiyorsun. Yanlış anlama evlilik demiyorum. Sadece seninle aynı kafada, aynı yolda olduğunu bilmek istiyorsun. Ama adamda hiçbir değişiklik yok. Yine aynı adam; seninle birlikte mutlu ama belki biraz azalmış bir romantiklik içinde. Susuyorsun, belli etmemeye çalışırken 'Bu ilişki nereye gidiyor?' sorusu içini kemirmeye başlıyor. Üstüne gitmeyeyim, gidişatına bırakayım diyorsun. Önceden hiç inanmadığın yeni âdetler beliriyor. Her kahvende fal kapatıyor, hatta falcıya gidiyorsun. Her söylenenden ilişkine pay çıkartmaya başlıyor, ümitleniyorsun. Arkadaşlarının, çevrenin baskısı da cabası. Soru hep aynı: 'Siz çok yakışıyorsunuz, evlilik ne zaman?' Önceleri 'Biz iyiyiz böyle...' deyip geçiştiriyorsun, sonrasında 'Hayırlısı olsun' temennileri başlıyor. Ama o soruyu her duyduğunda evliliği düşünmesen bile 'Neden?' sorusu kafana takılıyor, kızıyor, sinirleniyor, 'İlişkimiz nereye gidiyor?' diye bağırmak istiyorsun. Yine de sabırla susuyor, o tatlı prenses olmaya devam ediyorsun. Aradan zaman geçiyor ve ne yazık ki adamın duygularını hâlâ çözemiyorsun, ne istediğini bir türlü anlayamıyorsun. Kafandaki sorular daha da artmaya başlıyor: 'Hâlâ beni seviyor mu? Seviyorsa neyi bekliyor? Yoksa beni gelip geçici bir ilişki olarak mı görüyor?' Artık dayanamıyorsun, konuyu tatlı bir şekilde doğru bir zamanda açıyorsun. O sizi ürküten 'evlilik' kelimesini kullanmadan aile olgusuna bakışı ve gelecekle ilgili planları hakkında konuşarak altyazılı ama içinden bağırarak 'Bu ilişki nereye gidiyor?' sorusunu olabildiğince anlayışlı ve sıradanmış gibi soruyorsun. Önceleri anlamıyor veya anlamamış gibi yapıyor. Zorlayıp üstüne gidince 'Biz böyle çok iyiyiz' diyor veya 'Çok erken bunları konuşmak için, daha kaç ay oldu ki biz başlayalı?' ya da en favorim 'Hazır değilim' diyor. Sonra ne mi oluyor? Bu konuşmadan hemen sonra senden yavaş yavaş uzaklaşıyor. Buluşmalarınız azalıyor, mesajlarına kaçamak cevaplar, aramalarının bir kısmına geri dönmemeler başlıyor. O heyecanlı, sevgi dolu adam gidiyor, yerine soğuk, ciddi bir adam geliyor ya da en kötüsü ne biliyor musun? Her şey iyi giderken en azından sen öyle sanırken, adam seni uyduruk bir karıyla aldatıyor. O ilk zamanlarda gözüne muhteşem görünen adam bir anda öküze dönüşüyor. İlk başlarda o pır pır atan kalbini taşlarla doldurup, çekip gidiyor."

Öylesine hırsla ve öylesine kaptırmış anlatıyordu ki lafını kesmek istemedim. Sadece dinledim, onaylamadan, itiraz etmeden dinledim. Bir an için sustu, "Saçmalıyor muyum?" diye düşündü kesin. Şarabından bir yudum aldı ve konuşmaya devam etti.

"Biz kızların yaşadığı işte tam olarak bu bahsettiğim rutin ilişki. Başı romantik komedi, ortası gerilim ve sonu dram. Şu an kurduğum dünyamda mutluyum. Evet, belki eksiğim aşksız ama inan çok huzurluyum, lütfen benim dengemi bozma."

Anlatmak istediğini çok iyi anladım. Söylediklerini sindirmeye çalıştım. Sonuçta ben de o bahsettiği adamlardan oldum hem de onlarca kez. Evet, kadınların yaşadığı süreç ilk defa bu kadar açık yüzüme vuruluyordu, doğruydu. Fakat içimde, diğerlerinde hissetmediğim çok farklı bir duygu vardı Hande'ye karşı ve ben o duygunun peşindeydim. Keşke içimi açsa, okusa ve anlasa beni diye düşündüm. Keşke yazıp versem hissettiklerimi, çoğu zaman yazarak daha iyi ifade edebiliyorum belki de kendimi.

Sakince, onu onayladığımı belli eden jestlerle konuşmaya başladım.

"Seni çok iyi anlıyorum, ayrıca bu kadar dürüst ve açık konuştuğun için de teşekkür ederim. Evet, ben de ilişkilerden kaçan, korkan adam oldum çoğu zaman. Hâlâ da korkuyorum. Ama tüm bu bahsettiklerin yeterince hissetmeden başlayan, duygusuz ilişkiler. Yalnız kalmamak için veya toplum baskısının da etkisiyle sırf bir ilişkin olsun diye üzerine atlanan sığ birliktelikler. Sadece bir ya da birkaç iyi özelliğine bakıp gerisini tartmadan tamam işte hayatımın kadını veya adamı diye atladığımız, sonrasında da kaçtığımız ve bitirdiğimiz birliktelikler. Ben de böyle bir birliktelik peşinde değilim, gelip geçici gördüğüm ilişkilerin içine çok atladım ve atlamaya devam ediyordum. Ama bir yerim bana hep oyalandığımı söylüyor. Senin bahsettiğin tarz ilişkilerin içine düşünmeden dalıp, eksik yaşatıp, eksik yaşıyorum. Sonrasında karşımdaki kızdan, çevremden ıssız adam, duygusuz insan, müzmin bekâr veya doyumsuz çapkın damgası yiyorum. Anlamadıkları benim girmiş olduğum ilişkiye aslında duygu yüklü girmeyip, arayış içinde olduğum. Ayrıca ilk görüşteki, ilk bakıştaki çekime dibine kadar inanıyorum. Seni gördüğüm o ilk anda neler hissettiğim hâlâ gözümde, beynimde, kalbimde ve hatta burnumun direğinde..."

Beni can kulağıyla dinliyordu, anlamaya çalışıyordu; sadece beni değil, belki de hayatına girmiş olan tüm erkekleri. Lafımı kesti:

"Madem öyle neden giriyorsunuz duygusuz ilişkilere?"

"Aslında yeterince doğru anlatamadım belki de. Duygu hep var ama yeterince güçlü değil. Biz erkekler egolu yaratılmışız, beğenilmek, hoşlanılmak çok güzel bir his. Ayrıca yalnızlık da pek bize göre değil, hayatımızda birinin olmasını biz erkekler de en az sizler kadar istiyoruz. Duygusal açlığımızı ve cinsel dürtülerimizi işte senin o bahsettiğin ilişkilerle doyuruyoruz. Sizden farkımız bu ilişkiye başlarken sonunun olmayacağını bilmemiz. Siz bize bağlandıkça biz de kaçıyoruz. Aslında farkına varmadan daha ilk günlerde o ilişkinin gelip geçici olduğunu içimize kazıyor ve bunu sonradan değiştiremiyoruz."

"Böyle hissettiğinizi, ilişkiye senin anlattığın gibi gelip geçici olarak baktığınızı bırakın söylemeyi belli bile etmiyorsunuz, nasıl becerebiliyorsunuz bunu? Karşınızdaki kadının duygularını nasıl olur da anlayamazsınız? Madem öyle, niçin oynuyorsunuz biz kadınlarla?"

"Dediğim gibi, aslında biz erkekler çoğu zaman ne yaptığımızı bilmeden, planlamadan hareket ederiz. Ne karar aldığımızın farkında bile olmadan kararlar alırız. Bir çocuk gibi yani. Ayrıca bir kızı üzmekten, hayal kırıklığına uğratmaktan, ağlatmaktan çok çekiniriz. İlk gördüğümüz, âşık olduğumuz annemiz ve o da bir kadın. İçgüdüsel olarak bir kadına duygularımızdan çok kolay bir şekilde olumsuz bahsedemeyiz. Karşımızdaki kadını üzmekten korkarız. Sizin nefret ettiğiniz o çirkin 'Sen daha iyilerine layıksın...' lafı bunun özetidir. 'Çok iyisin ama ben bu ilişkiyi istemiyorum, çünkü seni sevmiyorum, lütfen üzülme' demenin kibar, kadını sözde az üzmenin kendi çapımızda bir şekli yani. Ayrıca biz erkekler, siz kadınlar kadar güçlü değiliz. İtiraf ediyorum; yaşadığımız sahte ilişkiler yüzünden gerçek aşkın varlığını bile sorgular hale geldik, hatta aşk ateisti olduk."

Sustum, gözlerinin içine baktım, söyleyeceklerimi söyleyebilmem için onun gözlerine ihtiyacım vardı. Bana parlayan o güzel gözleriyle baktı merakla, sevecenlikle ve devam et der gibi. Ve ben tüm içimden geçenleri döktüm:

"Ben de sahte ilişkiler yaşadım, aşkı ben de sorguladım, bilmeden sakladım duygularımı, bulacağıma inanmadan devam ettim hayatıma, belki de bekledim o kadını. Sonra seni gördüm havaalanında, uçakta yanımda, Paris'te dudağımda, kaybettiğimi sandığımda düğünde yanı başımda buldum seni tekrar. Hayal görüyorum dediğimde gerçeğim oldun. Sen yokken bile kokunu burnumda hissettim, seninle konuştum. Rüyalarımı, gerçeğimi sorgulattın bana. Seni bulmuşken tekrar kaybetmek istemiyorum. Sana hiçbir şeyin sözünü veremem belki ama hissettiklerimin, duygularımın garantisini verebilirim. Lütfen karşıma geçip sıradan bir ilişkinin rutinini anlatma bana. Biz o ilk safhaları daha yaşamadan çoktan geçtik."

Gözlerimin yandığını hissettim, yutkundum ve kendimi tutmaya çalışıp devam ettim.

"Ayrıca o bahsettiklerin *birini* bulmuş Hande, oysa biz *birbirimizi* bulduk..."

Sustum, gözlerimin dolduğunu hissettim, içimde patlayan kıvılcımlar gözüme vurdu. Ne yapacağımı bilemedim, halimden utandım, inmek üzere olan o damlayı engellemek için Hande'den gözlerimi kaçırdım. Ona bakmadan elimi ona doğru yavaşça uzattım, duraksadı ve tuttu elimi. Ellerine baktım, ellerimize baktım, parmaklarımızın birleşmesini seyrettim, uzun ince parmaklarının elimi kavramasını tüm ruhumda, bedenimde hissettim. İlk defa gerçekten kendini bıraktı bana, o an benim oldu, ben de onun. Parmaklarımız okşadı birbirini, ellerimiz tanıştı, sevişti. Cesaretimi toplayıp gözlerine baktım, onunkiler de buğulu. Ne garip biz olma yoluna çıktığımız anda kendimizi hüzünlü hissetmek, mutluluktan gülmemiz gerekirken neredeyse ağlayacak gibi olmamız. Duygu yoğunluğu nasıl da altüst ediyor insanı. Hem mutlu olup hem de nasıl bu kadar hüzünlü hissedebiliyor insan kendini? Belki uzun süre ayrı kalmış insanların kavuştuklarında ağlamasıydı bizim yaşadığımız, belki birbirimizi bulmanın şaşkınlığı, belki de kaybettiğimizi sandığımız duygularımıza kavuşmamızın coşkusuydu. Öylece kaldık, ellerimiz birleşmiş, suskun...

Onunla yalnız kalmayı istedim o an. Sadece ikimizin olabileceği bir yerde olmak, ona daha rahat dokunmak, kokusunu içime çekip fısıldayarak konuşabilmeyi istedim.

Sessizliğimizi Hande bozdu:

"Ateşle oynuyorsun."

"En kötü yanarız."

Gülümsedi:

"Buradan çıkalım mı? Biraz yürüsek iyi gelir sanki..."

Sende mi aynı şeyleri hissettin, yoksa içimi mi okuyorsun?

Birbirine yakın ruhlar konuşmadan anlaşabiliyormuş gerçekten. Bu yaşadığımız konuşmadan hissetme durumumuz ilk defa kendini gösterdi ve bu halimiz sonraları da hep artarak devam etti.

"Harika bir fikir ama açsın sanıyordum."

O tatlı gülümsemesiyle "Doydum..." dedi.

Aramızda oluşan büyünün bozulmaması için aceleyle hesabı ödeyip ayağa kalktım. Elimi ona uzattım, ellerimiz restorandan çıkarken ve tüm akşam boyunca hiç ayrılmadı. Taksiyle Bebek sahiline indik.

Neredeyse hiç konuşmadan el ele Boğaz'da yürümeye başladık nereye, niye, niçin gittiğimizi bilmeden. Sessiz bir onaylanma, kutlama gibi hissettim o anki halimizi. İçimde havai fişekler patlarken, dışımda sadece sessiz bir gülümseme... Arada bir elini hafifçe sıkıp okşuyor, onun elinden de aynı tepkiyi alıyor, bu yaşadığımın rüya olmadığından emin oluyordum.

Aşiyan'a geldiğimizde Orhan Veli karşıladı bizi heykeliyle. Oldum olası çok sevmişimdir İstanbul'un tam orasını. İşte tam orada sessizliğimi bozdum.

"Ne kadar şanslıyım ben. İstanbul'un en sevdiğim yerlerinden birindeyim; sağ tarafımda Boğaziçi, sol tarafımda sen ve bizi karşılayan Orhan Veli."

Hande'nin ağzından bir anda Orhan Veli'nin en sevdiğim şiiri döküldü:

İstanbul'u dinliyorum gözlerim kapalı
Bir kuş çırpınıyor eteklerinde
Alnın sıcak mı, değil mi, biliyorum...

Şaşırtıyor bu kız beni her haliyle, her söylediğiyle, her yaptığıyla... *Bayılıyorum sana...*

Şiirin devamını ben söylemeye başladım:

Dudakların ıslak mı, değil mi, biliyorum
Beyaz bir ay doğuyor fıstıkların arkasından
Kalbinin vuruşundan anlıyorum
İstanbul'u dinliyorum...

Ona doğru uzandım, o da bana doğru... Yavaşça yaklaştık birbirimize, dudaklarımız hafifçe ucundan değdi birbirine. Hiç acelesiz, zamanı durdurarak öpüştük.

İstanbul'u dinleyerek öpüştük biz, gözlerimiz kapalı...

Sarıldım, sardım onu... Boynuna küçük bir öpücük kondurdum, kokusunu içime çektim doya doya. Tekrar ellerini tutup yürümeye devam ettim sessizce... İlk bulduğum taksiyi durdurdum. İtiraz etmeden, hiçbir şey söylemeden bindi arabaya. O kadar doğaldık, o kadar aittik ki birbirimize; sormadan, onay beklemeden şoföre "Tarabya'ya" dedim. Onunla daha fazla yalnız kalmak istiyorum, ıssız adaya düşsen yanına ne alırsın diye sorsalar "Hande" diyecek durumdayım. Kim nereye gidiyorsa gitsin bir biz kalalım bu dünyada...

Onunla benim evime değil, evimize gidiyor gibi hissettim yol boyunca... Soracak, anlatacak o kadar çok konumuz olmasına rağmen susuyorduk, gerekmedikçe konuşmuyorduk. Bir çocuğun yeni oyuncağını açmaya kıyamaması gibi bir şey yaşadığımız...

Eve girip daha kapıyı kapatırken tekrar öpüşmeye başladık. Çölde susuz kalmış ve bir vaha bulmuş gibiydik. Dudaklarımız doyumsuz bir açlıkla birleşti bu kez. Dillerimiz dudaklarımızla birlikte seviştiler. Yıllardır öpüşüyor gibi bir uyumla öpüştük. Onun dudakları benim, benimkiler de onun gibiydi. Nefesini içime çekerken, ruhunu içime çekiyormuş gibi hissettim, nefesim kesildi, kokusu, tadı, teni başımı döndürdü. Kapıya, duvara birbirimizi yaslayıp sıkıştırarak, ayrılmadan deliler gibi öpüştük. Yıllardır kaybettiğimiz en değerlimizi bulmuş gibi sarıldık. Ne kadar sürdü bu halimiz bilmiyorum ama dudaklarımız her "Hadi artık içeri girelim" diye ayrıldığında tekrar birleşti, ayrılamadı...

Hande'nin yüzünü avuçlarımın arasına alıp, gözlerinin tam içine baktım, ruhuna bakıyor gibi hissettim. Cam gibiydi; şeffaf ve kırılgan. Orada, kapının önünde sevişmek istedim ama tuttum kendimi, durdurdum Hande'yi... Biz zaten sevişiyoruz; tüm ruhumuz, benliğimiz ve duygularımızla... Hiç acelemiz yok, tüm gece, tüm günler bizim artık... Ruhlarımız çırılçıplak kalana kadar, vücutlarımız soyunmayacak...

Kendimi zorlayarak hafifçe geriye çekildim. Ağzımdan kelimeler o kadar zor döküldü ki:

"İçeri geçelim mi? Ne içmek istersin?"

Hande'nin yüzü kızarmış, vücudunun sıcaklığı bana kadar geliyordu, nefes nefeseydi. Tekrar beni çekti, bir daha öptü...

"Evet geçelim... Başım dönüyor..."

Ellerinden tutarak salona doğru yürüdüm, elini hafifçe öptüm.

"Benim de..."

İçkilerimizi hazırlayıp Hande'nin yanına döndüğümde onu etrafı ve kitaplarımı incelerken buldum. Bir insanın yaşadığı evi, eşyaları, kitapları, aksesuvarları onu o kadar iyi anlatır ki, acaba Hande de beni mi tanımaya çalışıyor? O güçlü kişiliği altında o kadar güzel ve bir o kadar da kırılgan görünüyordu ki, gel bana sarıl der gibiydi. Arkasından sarılıp, içkisini verdim, yanağına bir öpücük kondurup, fısıldadım:

"Ne çok güzel biliyor musun? Seninle gecenin sonunu bilmeden, gecenin sonunda hâlâ seninle beraber olabileceğimi bilmek..."

Yaramaz gülümsemesini, bakmadan gördüm.

Koltuğa oturduk, elleri hâlâ ellerimde, vücudunu bana doğru çevirdi. Kocaman gözlerini küçük bir kız çocuğu gibi daha da açarak, "Sana sormak istediğim o kadar çok şey var ki..." dedi.

Uzun uzun sorularını cevaplayacakmış gibi bir jestle koltuğa iyice yerleştim.

"İstediğin her şeyi sorabilirsin. Şundan emin ol, sana hep dürüst olacağım..."

"Gerçekten mi?" diyen bir alaycı bir bakış attı gözlerini kısarak ve sorularını sıralamaya başladı.

"Burcun ne? Kesin Oğlak'sın sen... Kaç kardeşsin? Kız kardeşin vardır senin... Çocukluğun bu evde mi geçti? Çok kitap okur musun? Hangi yazarları seversin? En sevdiğin renk? Yemek? En büyük korkun ne peki? En sevdiğin filmi sormuyorum, Paris'te konuşmuştuk zaten. Ne tarz müzik seversin? Favori grubun kim? *İstanbul Erkeği* kitabını niye yazdın? Bu arada gerçekten ne iş yapıyorsun? Nereden mezun oldun? Çocukken yaramaz mıydın? Çocukluk resmini göstersene... Kıskanç biri misin? Hiç âşık oldun mu?"

O makineli tüfek gibi sordukça ben gülmeye başladım, ben güldükçe o sorularını çoğalttı...

"Soru-cevap gitsek? Şimdiden birinci sorunu unuttum bile..."

Kendimi anlatmak yıllar önce çok zevkli gelirdi bana, belki de narsisliğimin tavan yaptığı yıllardı onlar. Fakat sonraları, birkaç gün sonra görmeyeceğimi bildiğim insanlara sadece gerektiği kadarını anlatmaya başladım; derine inmek, derinime inilmesi sıkıcı olmaya başladı. Egolarımız beğenilmemizi istiyor bizden. Hande'nin yemek sırasında kafama vura vura anlattığı ilişkiler, gelip geçici birliktelikler bir taraftan yalnızlığımızı azaltsa da diğer taraftan yalnızlığa itiyor bizi. Yüzeysel olmamızı tetikliyor. Her hafta yeni birine, yeniden kendinizi tanıtmayı deneyin kolaysa. Bir yerden sonra ya "Bana ne?" demeye ya da "Nasıl olur da beni anlamaz? Beni hissetsin, çözsün..." ukalalığına dönüşüyor. Ayrıca karşınızdakini de çoğu zaman dinlemek istemiyor, sıkılıyorsunuz...

Şu an hissettiğim o kadar farklı ki; Hande'ye her şeyi, her şeyimi, her anımı, geçmişimi, yaşadıklarımı, hissettiklerimi tüm gerçekliğiyle anlatmak istiyorum. Çocukken saklambaç oynarken, her saklanışımda heyecandan çişim gelirdi, ayaklarımı hareket ettirerek bastırmaya çalışırdım. İşte şu an tam bunu hissediyorum. Kendimi anlatmak ve daha da güzeli onu dinlemek için o kadar sabırsızım ki. Onun bana sorduğu her sorunun cevabını ondan da duymak istiyorum. Kendimi dibine kadar anlatmak, onun en derinlerini dinlemek istiyorum. Hande ile ilgili her şeyi çok merak ediyorum ama en garibi, ben de onun çocukluk fotoğrafını görmek istiyorum. Kesin dizleri yaralı yaramaz bir kız çocuğuydun sen. Ağaçlara tırmanırken, denize çığlık çığlığa atlarken; yıllar sonra yanında, karşında senin o anını merak edecek bir erkekle oturacağını bilmeyen yaramaz bir kız çocuğu.

Sorularının cevaplarını duymak için sabırsızlanıyordu, ben de onunkileri. Teker teker sormaya başladı, ben de kısa cevaplar verip ondan uzun cevaplar almaya çalıştım. Onu o kadar dinlemek, tanımak istiyorum ki. Sordu, sordum. Dinledi, dinledim. Sadece dediklerimizi değil, demek istediklerimizi de anladık. Biz cevap vermek için değil, anlamak için dinledik. En sona en can alıcı soruyu saklamıştı:

"Hiç âşık oldun mu?"

Ne diyeceğimi, nasıl cevaplayacağımı bilemedim. Benim bile kendi içimde cevabını bilmediğim, tam anlayamadığım bir soru olmuştu. Nasıl bilebilirsin âşık olduğunu? Aşkın tarifini kim düzgün yapabilmiş ki? İlkönce çocukluk aşkım geldi aklıma. Ama o sayılır mı? daha yedi sekiz yaşlarındaydım. Beni inanılmaz etkileyen birkaç eski sevgilim geldi aklıma ama onlara şimdi bakınca gerçekten aşk mıydı diye sorguluyorum. Karşımda Hande vardı ve ona karşı hissettiklerim geçmişimi çoktan bastırmıştı bile. Bilinçsizce derin bir nefes aldım.

"Bu soruyu daha sonra yeniden sorsan?"

Anlamak için gözlerime baktı, dudaklarını ısırarak, "Peki..." dedi.

Bayılıyorum dudaklarını ısırışına...

Ona doğru uzandım ve dudağının kenarından öptüm. Boynuna dökülen o güzel, uzun saçlarını yavaşça, her teline itinayla dokunarak geri attım. Boynundaki benini gördüm, keşfettiğim ıssız bir adaydı sanki, öptüm onu. Boynuna saçları tekrar döküldü, tam yine nazik dokunuşlarla saçlarını geriye atmaya çalışıyordum ki, saçlarını biraz sertçe iki eliyle toplayıp diğer tarafa doğru attı. Bunu o kadar hızlı ve olağanmış gibi yaptı ki; ben o saçlara dokunmaya bile kıyamazken onun bu hali beni şaşırttı. Oysa ben saçının her telini hissetmek, keşfetmek istiyordum.

Onunla hiç sıkılmadan, yorulmadan saatlerce, hatta günlerce durmadan konuşabilirim. Onun yokluğunda Hande'yle konuşmuş adamım ben. Şimdi doyumsuzca duygularımla öpmek, kalbimle konuşmak, beynimle sevişmek istiyorum. Hande'yle ilgili hiçbir şeyden sıkılmam diye hissediyorum. Saate bakmak, gerçek hayata geri dönmek istemiyorum. Sevdiğimiz kitapları konuşurken, onun benimkileri, benim de onun sevdiklerini okumamızı, birlikte favori filmlerimizi yeniden seyretmek, bayıldığımız şehirlere el ele gitmek, beraber sevgi ile yoğrulmuş yemekler pişirmek istiyorum. Her şeyi paylaşabileceğimiz yeni bir dünya yaratmak geçiyor içimden. Yaşadığım bu duygu daha önce tattığım hiçbir şeye benzemiyor. Çılgın bir şeyler yapmak geçiyor içimden, arabaya atlayıp gecenin o saati nereye gideceğimizi bilmeden yol nereye biz oraya yapmak istiyorum, Boğaz'a inip denize atlamak fikri bile güzel geliyor. O kadar adrenalin yüklüyüm ki daha fazlasını istiyorum. Bizler böyle yaratılmışız işte, hep fazlasını istiyoruz, hiçbir şey yetmiyor bize. Gerçi Hande'nin yanımda oluşunu, onu, her dokunuşumda, öpüşümde hissettikçe duruluyorum yeniden. O yaşadığım anın keyfini sürmek, uzatmak istiyorum. Sıcaktan yanmış bir şekilde denizin kıyısında olup, manzaraya bayıldığın için suya atlamamak gibi bir durum yaşadığım. O, manzarada, denizde beni kendine çekiyor ve ben ayaklarımı suya sokup manzarayı seyrediyorum. Heyecanımla dinginliğim, coşkumla sabırsızlığım birbirine karışmış halde. Duygularım çakırkeyif olmuş, ayılmasınlar istiyorum. Hande'yi arada öpüp sarhoşluğumun seviyesini koruyorum.

Her konumuz "Aa inanmıyorum, ben de aynıyım" diyerek daha da derinleşiyor. Biz derinleşiyoruz. Şaşırıyor, şaşırıyorum. Arada sustuğumuz nadir anlarda öpüşüyoruz. Bazen de sırf öpüşmek için susuyoruz.

Bir tarafım ayılmaktan, sorgulamaktan, kazandığımızı kaybetmekten ürküyor. Diğer tarafım bu sefer yapmazsın, hissettiklerin çok farklı diyor. Aşk'a çeyrek kala kaçanlardanım ben. Acaba şu an saat kaç? Çeyrek kalayı geçti mi yoksa? Çeyrek kalayı geçersem kaçmam, kalır mıyım acaba?

Şimdi bunları düşünmek istemiyorum. Bırakmak istiyorum kendimi. Tüm duygularımı Hande'ye emanet etmek geçiyor içimden. *Niye "teslim etmek" değil de "emanet etmek" dedim ki şimdi?*

Bazen hayatı, geleceği fazla sorgulayıp o anı yaşayamıyoruz ve ben bunu en azından şu an yapmak istemiyorum. Kokusunu içime çeksem biter mi endişelerim?

Kendime doğru çekip sarıldım ona, sağ göğsüme yasladı yüzünü, eğildi saçlarını kokladım belli etmeden ve evet uçup gitti endişelerim. Zaten eğer seviyorsan koklayıp öpersin, uzaklaşırsa kokusu burnunun direğinde kalsın diye. Öylece sessiz sarılarak kaldık uzun bir süre. Hande fısıltıyla konuştu:

"Çok geç olmuştur kesin, saatime bakmaya korkuyorum ve şu an bitmesin istiyorum. Keşke zamanı durdurabilsek..."

Ona daha sıkı sarıldım, göğsüme bastırdım yüzünü.

"Hiçbir yere gitmiyorsun. Bu gece bizim gecemiz. Başka hiçbir şey düşünmeden bırakalım kendimizi. Hem senin yerin burası."

Cevap vermedi ama onayladığını hissettim. O da yerinde duramıyordu benim gibi. Onun da içinde dingin fırtınalar kopuyordu. Yavaşça ayağa kalktı, tam karşımda yaramaz bir kız çocuğu gibi iki eliyle saçlarını sıvazladı hızlıca.

"Nasıl oluyor?"

Benim içimdeki heyecanı, şaşkınlığı, mutluluğu hissettiğinden emindim. Sormadım "Ne, nasıl oluyor?" diye.

Yüzümde bir tebessümle bekledim. *Şaşkınlığına, kafanın karışmasına da bayılıyorum.*

"Nasıl oluyor da bu kadar hızlı böyle duygular hissedebiliyoruz?"

Tekrar yanıma oturdu ve hemen tekrar ayağa kalktı.

"Ben alışık değilim böyle duygulara. Yanlış anlama, inanılmaz mutluyum. Ama sana bir şey itiraf edebilir miyim?"

Konuşmak içimden gelmiyordu, onun da benim gibi hissettiğinden dibine kadar emin olmak istiyordum. Gözlerimle "Evet..." dedim.

"Yabancı olduğum hisler var ve korkuyorum, inan çok korkuyorum."

Bunları söylerken gözlerinin buğulandığını gördüm. Nefesim kesildi.

"Ben de korkuyorum."

Ayağa kalktım ve iki elinden tutarak, "Yaşadığımız duygu yoğunluğunu ve karmaşasını azaltalım mı?" diye sordum.

"Nasıl yapacağız ki bunu?"

"Gel; şu korku, endişe, hayal kırıklıklarını elimizden geldiğince dışarı atalım. Sadece diğer duygularımız kalsın bizde. Bırakalım kendimizi. Yarını düşünmeden yaşayalım. Yakaladığımız bu anın keyfini çıkaralım."

"Dün geçmiş, yarın yokmuş gibi yapabilir miyiz? Becerebilir miyiz bunu?"

"İnan bana biz birlikte her şeyi becerebiliriz."

O kadar güçlü duygular vardı ki içimde, sonuna kadar inanarak söyledim her şeyi... Dün geçti, yarın da belki olmayacak.

Birinin size ne söylediğini, size ne yaptığını unutabilirsiniz ama birinin size kendinizi nasıl hissettirdiğini asla unutamazsınız. Ben de Hande ile yaşadığım bu anı asla unutmayacaktım.

O anda algılarım açıldı sonuna kadar. Evrenin yaratılışını hissettim, yaşama sebebimi anladım; sorsanız neydi diye anlatmaya kalkarım hatta inandırırım sizi. Çünkü dibine kadar inanıyorum. O kadar açıldı ki bilincim; uçan sineği duydum, niye uçtuğunu anladım, dinlediğimiz şarkının sözlerini, notasını, bestecisinin o an ne hissettiğini, sözlerini yazanın duygularını gördüm.

Önümdeki sehpaya baktığımda Uzakdoğulu ustanın onu yontuşunu seyrettim, içindeki dertleri, ekmek parası kaygısını, ustalığını anladım. Yaptığı bu sehpanın önünde bizi böyle görse ne mutlu hisseder kendini diye düşündüm.

Pencereden içeri giren rüzgâr saçımı, Hande'nin yüzünü okşadı. Teşekkür ettim İstanbul meltemine: "Daha önce hangi sevenleri okşadın?" dedim. "Hangi Osmanlıyı, hangi Bizanslıyı, hangi âşıkları? Her seferinde böyle mi hissettiler, rahatladılar, ürperdiler mi? Yoksa sarıldılar mı sayende? Kimleri birleştirdin, kimleri ayırdın? Peki ya biz? Söyle esinti, ne olacağız biz?" Dur, sus sakın konuşma. Cevap verme bana. Sen sadece es yavaşça; ılıkla serin arası. Gerekirse İstanbul'un lodosunu çağır bize. Bazen hakkımızdan o gelir. Bildiklerimizi bilmezken, hissettiklerimizi anlamazken silkeler bizi. Melteminle okşa, uyut. Lodosunla vur, uyandır.

Halının ayağıma dokunuşunu hissettim, onu dokuyan genç kızı ve onun hüznünü. Uçağın sesini duydum, ayrılanları, kavuşanları gördüm. Ben seni hissettim yavrum; çocukluğunu, gençliğini, yaşlılığını, geçmişini, bugününü, yarınını ve içimden bağırdım "Kadınım!" diye.

Ellerimi ellerinden ayırıp sımsıkı sarıldım ona. Kafasını arkaya doğru atışında, gözlerinin parlayışında, dudağını ısırışında, o yaramaz gülümsemesinin altında o tutkulu kadını fark ettim. Ellerimi saçlarına götürdüm, yüzünü kavrayıp öptüm onu. Bu seferki öpüşmemiz diğerlerine göre fazlasıyla tutkuluydu, hatta biraz da sert. Dudağımı hafifçe ısırdı ve kendine doğru iyice bastırdı beni. Minik ısırıklar canımı acıtmaktan çok daha da onu istememe sebep oldu. Soluk soluğaydı. Ben onun üzerine doğru dayanıyordum, o da dengesi bozulup geriye doğru adım atıyor, bazen de tam tersi oluyordu. Dengemizi bulmaya çalışırken onu duvara yasladım. Dudaklarımız, nefesimiz, tatlarımız, kokularımız birbirine karıştı. İçimin eridiğini, ona doğru aktığını hissettim. Elleri belimde beni kendine doğru çekiyor, sarıyordu. Benim ellerim onun yüzünde, belinde, kalçalarında dolaşıyordu. Her yerine dokunmak, tanımak, keşfetmek, sahip olmak istiyordum. Nefesim kesilir gibi oldu öpüşürken, dudaklarımı en sevdiğim yerine, boynuna çevirdim. Koklayıp hafifçe, belli belirsiz öptüm, tüylerinin diken diken olduğunu hissettim. Ani bir hareketle arkasını çevirdim. Kendini tamamen bana bırakmış, teslim etmişti. Saçlarını diğer tarafa çekip boynunu öpmeye başladım. Vücudunu geriye bana doğru yasladı. Bir elim göğsünde diğeri ise tam karnındaydı. İkisini de yavaşça aşağı doğru kaydırmaya başladım.

Kadınlığına, dişiliğine gitti elim. Onu o kadar hissettim ki tüm hücrelerim uyandı, geriye döndü. Yine genç oldum ama çok genç. Sıcaklığını hissettim, ıslaklığı aramıza giren elbisesinden bile belli oluyordu. Dişiliğini kavradım avucumla tatlı sert bir şekilde. Okşamadan tuttum kadınlığını. Senin dişiliğin burası dedim içimden ve ben o sakladığın dişiliği dışarı çıkarmak istiyorum, kadın olmanı istiyorum benimle. Benden öncen uçsun, yok olsun. Sen benim kadınım, benim dişim ol sadece. İlk defan olmasam da, beni gerçekten en güzelin ve son defa olarak hisset. Sen benim ol, ben senin; birleşip en güzel yek olalım. Yalan olsun, hatırlamayalım daha önceki sevişmelerimizi. Kabuklarımızdan, kozalarımızdan beraber kurtulalım, yeniden tomurcuk olup birlikte açalım...

Yüzünün, vücudunun sıcaklığı tüm bedenimi sardı. Bana doğru döndü, gözlerimin içine baktı ve tekrar öpüştük. Tek parça bir elbise vardı üstünde. Ellerim yolunu ezbere bilirmişçesine sırtındaki fermuara gitti ve yavaşça indirdim. Sırtında dolaştı ellerim. Sutyeninin askısı girdi aramıza. Tek elimle çözmeye çalıştım, o kadar heyecanlı ve aceleciydim ki beceremedim, diğer elimin yardımıyla zar zor çözebildim. Hafifçe güler gibi oldu, ben de utanarak güldüm:

"Dayanamıyorum sana..."

Çıldırmış gibiydik. Gömleğimin düğmelerini beceriksizlik ve aceleyle çözmeye çalıştı. Elleri titriyordu, yardım etmek ve bir an önce kıyafetlerimizden kurtulmak için elimi gömleğimin düğmelerine uzattım. Elimi tutup kenara çekti. Fısıldayarak, "Bana bırak..." dedi.

Yaşadığımız yoğun duygular cinselliğimize vurmuştu sanki, çıldırmış gibiydik. Neredeyse gömleğimi yırtarcasına çıkardı. Ben de onun elbisesini omuzlarından aşağı doğru indirdim. Çıplak tenini kendime doğru çektim, vücudunu, sıcaklığını tüm hücrelerimde hissettim. Göbeğinden aşağı doğru kayan parmaklarım o sıcacık ıslaklığına ulaşınca yine aynı his sardı içimi, eridim. Dudaklarım o sıcaklığa dokundu. Tadı adını bilemediğim ama tadını çok iyi bildiğim yasaklı bir meyve gibi geldi bana. *Tadın da çok güzel...*

Dişiliğini hissettim, o dişiliğin tadını, kokusunu, zevk aldığı her noktasını keşfettim. Saçlarımdan tutarak yukarı doğru çekti. Çıldırarak ayrıldım o kadınlığından, damağımda tadıyla. Dudaklarına yaklaştım, tadı tadımla karışmış bir şekilde öptüm onu. Kalçalarımdan çekti. Sıcaklığına, ıslaklığına merhaba dedim. O anda gözlerimiz kenetlendi aynı vücutlarımız gibi. Birleştik, tek vücut olduk.

Şehvet ile şefkat karıştı sevişmemize. Masumiyet ve yaramazlık birbiriyle yarıştı. Sıvılarımız, kokularımız birbirine karışmış bir şekilde kanepede öylece, ayrılmadan tek vücut olarak kaldık. Biz tattık, biz koktuk. Sessizce, hiç konuşmadan yattık birlikte. Yanaklarına, dudaklarına küçük öpücükler kondurdum. Yüzüne düşen saçlarını geriye doğru attım ve alnından öptüm. Kendini bütün dişiliği ile bıraktığı için teşekkür etmek geçti içimden, ama sustum, kapalı gözlerini öptüm. Yavaşça ayrıldı vücutlarımız, sırtüstü yatıp onu koynuma doğru çektim, göğsüme başını koydu, sarıldım saçlarını okşadım hafifçe. Kendime şaşırdım, her sevişme sonrası, bir bahaneyle banyoya koşup uzun uzun duş yapan ben, Hande'den bir saniye bile ayrılmak istemiyordum. Böylece yatmak, onun yanında kalmak, onu okşamak, öpmek, sarılmak, sıkıca sarmak, yeniden sevişmek, konuşmak, susmak, gülmek, ağlamak istiyordum. Derin bir huzurla birlikte karmakarışıktım. Çok güzel ve sakin bir karmaşıklık bu bahsettiğim, insanı hem dinginleştiren hem de sorgulatan hiç tatmadığım bir duygu.

Öylece ne kadar kaldık bilmiyorum ama ilk gecemizde iki büklüm uyumasını istemedim. Kulağına fısıldadım:

"Yatağımıza gidelim mi?"

Cevap vermedi, hafifçe gülümsedi. Elini tuttum, yürüdük sessizce. Yaşadığımız kesinlikle kayıtsız bir teslimiyetti. İkimiz de her şeyimizle, ruhumuzla, bedenimizle bırakmıştık kendimizi. Egolarımızı, taktiklerimizi, oyunlarımızı, kim ne derleri, acabalarımızı, etiklerimizi bir kenara koyup içselliğimizi, doğallığımızı dışarı çıkarmıştık. Çıplaktık aynı vücutlarımız gibi... Nasıl da hafifliyor insan böyle hissedince, öyle tatlı uyuşuyor ki düşünceleri, bedeni. Uçacakmışsın gibi bir duygu bu, ya da bir yatağın içine yavaş yavaş gömülüyormuşsun, tüm bedenini o yumuşaklık sarıyormuş gibi bir his.

Yatak odama geldiğimizde ona bir tişörtümü verdim. Giydi sessizce, darmadağınık saçları, kızarmış suratı ve üstüne giydiği tişörtümle bile hâlâ çok güzel ve zarifti. Ona bakışlarımdan utandı.

"Bakma bana öyle lütfen. Çok mu komik görünüyorum?"

"Çok güzelsin. Her halin birbirinden güzel."

Utanarak güldü.

"Seni tatlı yalancı."

Öptüm onu yatağa yatırırken, yanına uzandım, sarıldım ona tekrar. Seviştikten sonra bulabildiğim en kibar bahaneyle, yollamaya çalıştığım birliktelikler geldi aklıma. "Ne garip sana yetmeyen, senin yetmediğin gereksiz ilişkiler yaşamak" diye geçirdim içimden. "Duygusuz sevişmeler ne kadar saçma, mastürbasyon yapmak bile daha anlamlı" diye düşünecek kadar ileri gittim. Hissettiğim yoğun duygular, belki de sonra ne kadar saçma düşünmüşüm diyeceğim mantıklar kurdu zihnimde. "Hiç böyle şeyler hissettim mi daha önce?" diye bir daha sorguladım, film şeridi gibi eski kız arkadaşlarım geçti gözümün önünden, suratları birbirine karıştı, bulanıklaştı ve Hande belirdi tek başına. Daha sıkı sarıldım ona.

Bazı anlar vardır ya hani durdurmak isteriz zamanı. O duyguyu tekrar tekrar yaşayabilmek için kaydetmeye çalışırız beynimize. Aslında bu anlardır bizim yaşamımızı hayat kılan ve işte bu anlardır bizi gerçek insan yapan. Zaten ne kadar nefes aldığımızın bir önemi var mı? Önemli olan nefesimizin ne kadar kesildiği değil mi?

Ve benim nefesim kesiliyordu Hande'yle. Yaşadığım o anları içime işlemek istedim. Bitmesin, kalsın hep benimle. Kokladım, okşadım, öptüm. Kaydettim tüm duygularımı, hapsettim zihnime.

O kadar huzurluydum ki, gözlerim kapanmaya başladı, belli belirsiz kısa bir rüya gördüm. Tüm hayatıma giren kızların suratlarının birbirine karışıp flulaştığı ve Hande'nin suratının belirginleştiği o birkaç saniyelik rüya. Yeni biri gelir hayatına ve tüm gidenlere "İyi ki gitmişler" dedirtir. Hoş geldin Hande... Gözlerimi açtım, uyumak çok ayıp geldi. Hande yanımda, koynumda, burnumda, dudağımda ve ben nasıl uyurum? Uyumadım tüm gece, Hande'yi seyrettim uyur gibi yaparak. Onun sessiz, huzurlu uyuyuşunu seyrettim ta ki gözlerim kapanıp, ısrarcı uykunun çağrısına boyun eğene kadar.

***

Sabah Hande'nin yanımda olduğunu unutarak uyandım. Sağ tarafıma doğru döndüğümde gördüm onu. Şaşırdım bir an ama mutlu oldum. Arkasını dönmüş bir melek gibi uyuyordu. Yavaşça arkasından sarıldım. Ellerimi tuttu, öylece biraz durduk, gerçi pek uzun sürmedi. Birbirimize olan çekimimiz o kadar fazlaydı ki, tenlerimiz bizden önce davrandı. Ten uyumu ne diye sorsalar, ben ve Hande derim. Sevişmeye başladık, bu seferki daha alışık, daha da doğal geldi. Acelesiz ve her hücremizi hissederek seviştik. Bitmesin, birleşik kalalım diye düşünerek bir olduk. Ve yine birlikte doruğa ulaştık. Koynuma yattı, sessizce, nefes nefeseydi. Belindeki gamzeleri fark etti elim, o küçük oyuklarda parmaklarım gezindi. O güzel aşk çukurluklarında kaybettim kendimi...

Saçlarını okşayarak, "Günaydın yavrum" dedim.

Yüzünü görmüyordum ama yaramazca güldüğünden emindim.

"Günaydın canım. Uyandırma servisine bayıldım."

"Yarın sabaha da kurayım o zaman?"

Güldü cevap vermeden.

Biraz daha kaldık yatakta. Normalde şayet gece ekemediysem, sabah uyanır uyanmaz yanımdaki kızdan kurtulmaya çalışan ben, şimdi zaman dursun, biraz daha yatakta sarılalım istiyorum. Ümitsizce Hande'ye sordum:

"İşe gitmek zorunda mısın bugün? Keşke hafta sonu olsaydı."

Hande bana cevap vermeden telefonunu eline aldı. Aradığı kişiye bugün acil bir işinin çıktığını ve işe gelemeyeceğini söyledi. *Bayılıyorum sana...* Telefonunu kapattı, bana bir öpücük kondurdu:

"Birkaç saat yatakta böylece kalalım mı?"

"Acil işin ben olduğuma göre, ne dilersen dile benden."

Yatakta biraz daha kaldık. Koynuma kafasını yasladı. Bir kedinin zorla kendini sevdirmesi gibi uzattı başını boynuma doğru. Bütünleştik, bir olduk. Sanki bir yapbozun son ama kayıp parçasını bulup yerine koymuş gibi hissettim. Çok hoşuma gitti ama ürktüm, geri çektim kendimi ondan. Daha da uzattı başını "Benim yerim burası" der gibi. İtaat ettim, anın keyfini çıkarmaya karar verdim. "Senin yerin burası" dedim içimden. Başını çekti koynumdan, yadırgadım boşluğunu. Bu defa ben yattım onun koynuna. Boynunun kokusuna teslim ettim kendimi. Kendi kendime gülümsedim "O mu kedi yoksa ben mi?" diye.

Saçlarını okşarken koynumda uyuyakaldı. O kadar huzurlu uyuyordu ki uyandırmaya kıyamadım. *Güzel prensesim benim.*

Sessizce yataktan kalkıp ona kahve ve kahvaltı hazırladım. Tam onu uyandırmaya gidecekken mutfağa girdi. Üstünde benim tişörtümle o kadar güzel görünüyordu ki.

"Kahve öyle güzel kokuyor ki. Neden uyandırmadın? Yardım ederdim sana."

"Sen çok daha güzel kokuyorsun güzelim benim."

Neredeyse tüm gün evden çıkamadık. Doyumsuzca konuştuk, güldük, seviştik. Favori filmimizi, *True Romance*'ı seyrettik, replikleri yüksek sesle söyleyerek. Ellerimiz, dudaklarımız ayrılmadı. Birbirini kaybetmiş iki ruhun kavuşması gibi paylaştık her şeyimizi. Akşama doğru evden zar zor dışarı attık kendimizi. Nereye gideceğimi bilmeden sürdüm arabayı. O da sormadı. Müzik dinleyerek, elini tutarak amaçsızca yol aldık. Kendimi Belgrad Ormanları'na giden yolda buldum. Bir bakkalın önünde durdum. Bir şişe Yakut, iki plastik bardak ve tirbuşon aldım. Belgrad Ormanları'na geldiğimizde yürüyüş yapan birkaç kişi dışında kimsenin olmayışına ikimiz de sevindik. Gözden uzak bir banka oturup plastik bardaktan şarabımızı içtik. Hande uzun sessizliğimizi bozdu.

"Dünyada sadece ikimiz varmışız gibi hissediyorum."

"Şu an sadece ikimiz varız zaten. Sadece sen ve ben. Diğer her şey detay, aksesuvar gibi geliyor. Şarabı içebilmemiz için bakkaldaki adam, ormana girebilmemiz için girişte parayı alan bekçi, hayatın normal seyrinde gittiğini hatırlatmak için ormanda yürüyüş yapan insanlar..."

"Megaloman seni."

"Sana bir şey itiraf edebilir miyim?"

Muzır bir gülümsemeyle, "Evliyim demeyeceksen, evet" dedi.

Bu kızın hazırcevaplarını öpmek istiyorum.

"Hayatımın en güzel günü bugün."

Gözlerimin içine öyle güzel baktı ki, gözbebeklerimin büyüdüğünü hissettim. *Benim de öyle* der gibi gülümsedi. Dudağının kenarından gülümsemesini öptüm.

***

Evine bıraktığımda hava çoktan kararmıştı, aynı içim gibi. Gitmesin, ayrılmasın benden istiyordum. Ama söylemedim bunu ona. Vedalaştık, indi arabadan, apartmanının kapısını kapatana kadar seyrettim onu. İçimden

"Her gidişin böyle, dönüşün olacakmış gibi olsun" diye geçirdim. "Her gidişinde, hep bana dön."

Hissettiğim bu yeni duygular öylesine kabarttı ki beni, yaşadıklarımı hemen bir arkadaşımla paylaşmak istedim. Gerçi biz erkekler böyle şeyleri kendi aramızda konuşmayı beceremeyiz. Kızlarla çıkmayı, yatmayı, skor böbürlenmelerini abartarak, gururla anlatırken, yaşadığımız duygulardan bahsetmeyiz. Bir kıza karşı seks dışında bir şeyler hissetmek, hele aşk çok ayıp gelir, paylaşmayız. Diyelim ki paylaştık, karşımızdan heyecanlı bir yanıt veya onay alamayız. Belki de biz bu yüzden aşk fakiriyiz. Duygularımızı ifade etmeyi beceremiyoruz. Bu duyguları çok taze yaşayan Murat'ı aramak geçti içimden. Telefonumu elime aldım, tam arayacakken Murat'ın balayında olduğunu hatırlayıp vazgeçtim. Diğer arkadaşlarımdan birini arasam alacağım cevaplar da belli: "Kafayı mı yedin oğlum ya? Ben de dün gece bir kız götürdüm, yıkılıyordu. Neyse akşam ne yapıyoruz?" Kendi içimde kendimle paylaştım duygularımı, yüzümde anlamsız bir gülümseme ve üstüme sinmiş Hande'nin kokusuyla. Yalnız hissettim kendimi birdenbire, arabadan inip kapıyı kapatırken, yürürken, evin kapısını açarken. Evim bomboş geldi. Hande'yi arayıp tekrar buluşalım mı demek geçti içimden, fakat sadece mesaj attım:

Üzerime sinmiş kokun, kalmış evimde.

-10-

Balayından döner dönmez Nevin ve Murat'la buluştuk. Ne Hande ne de ben birlikte olduğumuzdan onlara bahsetmiştik. Evlerine akşam yemeğine geleceğimi söylemiştim. Kapıyı açtıklarında ikimizi el ele gördükleri o anı unutamam. İkisi de gözlerine inanamadılar hatta saftirik Murat "Kapıda mı karşılaştınız?" diye sorma salaklığını bile gösterdi. Yemek boyunca Hande ile göz göze, el ele, dudak dudağaydık. En yakın arkadaşlarımızın gizli bir onayıydı belki aldığımız, belki de aramızdaki dayanılmaz çekimi onlarla paylaşmamız. Akşam boyunca duyduğumuz "Ya ama siz çok yakışıyorsunuz" laflarının sonu gelmedi.

Yemek sonunda tabakları mutfağa taşımaya yardım ederken Nevin ile birkaç dakikalığına yalnız kaldım. Yakaladığı bu fırsatı hiç kaçırmayan Nevin, beni hiç şaşırtmayan o soruyu sordu:

"Üzmeyeceksin değil mi Hande'yi?"

Bir an için sessiz kaldım.

"Sence öyle bir niyetim var gibi mi gözüküyor?"

"Nasıl gözüktüğünü sormadım sana. Birbirinize olan duygularınızın yoğunluğu zaten belli. Bas bas bağırıyorlar, sokakta yanınızdan geçen insanlar bile anlar. Ne sorduğumu çok iyi anladın. Lütfen üzme bu kızı ve kendini. Gördüğüm kadarıyla ikiniz de birbirinizi fazlasıyla hak ediyorsunuz."

Bunları söylerken genellikle hep ciddi olan bakışları daha da ciddi baktılar. Ne diyeceğimi bilemedim. Ne söylesem, ya çok gelirdi ya da az.

"Hande'yi üzmek, istediğim son şey olur bu dünyada."

Söylediklerim doğruydu ama üzmeyeceğim diyemedim, söz veremedim. Tutamayacağım sözleri hele konu Hande ise vermemeyi bilecek tecrübedeydim. Doğrusunu isterseniz o sözü gönül rahatlığıyla verebilmeyi o kadar çok isterdim ki.

***

Birlikte o kadar güzel ve yoğun zaman geçiriyorduk ki sanki aylar günler gibi geçti ve biz hâlâ ilk günkü gibi birbirimize sarılmış, zamanın monotonluğuna uymayıp zamanı kendimize uydurmuştuk...

Bulabildiğimiz her fırsatta (fırsatları biz yarattık) birlikteydik. Önceliğimiz bizdik. Zamanımızın büyük kısmını yalnızca ikimiz baş başa geçirmeyi tercih ediyorduk. Konuşacak, paylaşacak, keşfedecek o kadar çok şeyimiz vardı ki. Kalabalıklar içinde olmayı değil, birbirimizle yalnızlığı tercih ediyorduk. Konuşuyor, dokunuyor, öpüşüyor, sevişiyorduk. Çıktığımız yemeklerde, kafelerde, barlarda birbirimizin gözünün içine bakıyor, sanki ilk günmüş gibi sohbet ediyor, dokunuyor, dans ediyor, etrafı umursamadan öpüşüyorduk. Dünyada sadece ikimiz var gibiydik.

Yalnızlığımızdan o kadar keyif alıyorduk ki, bunun hakkında uzun uzun konuşabiliyorduk. Her gece yaptığımız gibi sevişmeden hemen sonra uyumadan hemen önce sohbet ediyorduk. Günün kritiğini, neler yaptığımızı, yapacaklarımızı, ilgi alanımız o ara ne ise o konu hakkında derin muhabbetlere dalıyorduk. Yine öyle bir gece hiç beklemediğim bir anda "Keşke uzaylılar bassa dünyayı" dedi. Şaşırdım, "Kızım manyak mısın ne derdin var uzaylılarla?" diye sordum. Tüm tatlılığıyla cevap verdi:

"O zaman sadece ikimiz kalırız tüm dünyada ve seni hiç kimseyle paylaşmak zorunda kalmam. Hem biz beraber her şeyin üstesinden geliriz seninle. Zaten aşktan anlamayan, kendini insan zanneden uzaylılar hep yanımızda değiller mi?"

Güldüm.

"Peki ya dünyada sadece ikimizin kaldığını sanırken aniden bir otobüs dolusu Victoria Secret mankeni evimize gelse ne yapardın?"

Kolumu çimdikleyerek hiç düşünmeden bir anda, "Önce seni vururdum" dedi.

"Benim ne suçum var? Hem insanlığın devamı için bir erkek lazım. Dünyanın kurtuluşuna, neslin devamına engel olmasana. Kendim için bir şey istemiyorum tamamen neslin devamını düşünüyorum."

"Vallahi o kadar kızla baş edemeyeceğime göre ilk işim seni yok etmek olur. Paylaşamam diyorum seni diyorum anlamıyor musun? Bana ne neslin devamından sen yanımda yoksan?"

Bütün ezberlerimi bozmuştum Hande'yle. Tüm bildiklerimi unutmuş, tüm büyük beylik laflarımı yutmuştum. Sadece onu yaşıyordum. Arkadaşlarımızla daha az zaman geçirmeye başladık önceleri. İkimiz birbirimizin en iyi dostu olmuştuk. İki en iyi sevgili ve iki en güvenilir dost. Mükemmel ilişkinin formülü de bu değil mi? Bir de içine tutam tutam tutku, şehvet atılmışsa.

İkimizin de gözü başka hiçbir şey görmez olmuştu. Geçici körlük yaşadığımızın farkındaydım ama kalıcı olsun istiyordum. İşteyken, iş seyahatlerindeyken, toplantıdayken, ayrı kaldığımız her yerde ya telefonda konuşuyor ya da mesajlaşmaya devam ediyorduk. Her yaşadığımızı birbirimize bir an önce anlatmak için sabırsızlanıyorduk. Hatta olay o an olurken içimizden anlatmaya başlıyorduk bile. Tatil planları, seyahat edilecek şehirlerin sonu gelmiyordu. "Beraber kesin şu şehre gitmemiz, şurada birlikte şu yemeği yememiz, şu festivali görmemiz, birlikte paraşütle atlamamız gerek" gibi sonsuz ve heyecanlı planlar yapıyorduk durmaksızın.

Kimi zaman o kadar heyecanlanıyorduk ki diğerinin ağzından lafı alıp hızlıca tamamlıyorduk. Kimi zaman da sessizce, hayranlıkla izleyerek dinliyorduk. Bazen hiç konuşmuyor ama huzur içinde birbirimizi anlıyorduk.

Haftanın bazı günleri bende kalıyor, benden işe gidiyordu. Seviştikten sonra yatakta en az bir saat sohbet ediyor, şakalaşıyorduk. Gece su içmek için uyandığımda ya onu bana ya da kendimi ona sarılmış buluyordum. Onun saçlarımı okşamasıyla, kokusuyla uyuyor, onun sesiyle, sıcaklığıyla uyanıyordum. Birlikte uyumadığımız gecelerde kendimi Hande'nin kokusunun sindiği yastığa sarılmış buluyordum. Farkında bile olmadan yastığa daha sıkı sarılıp, içime çekiyordum o kokuyu.

Yaşamın bir monotonluğu, kısırdöngüsü var ve biz çoğu zaman bunun farkında bile değiliz. Aynı yerlerde, aynı insanlarla, aynı şekilde yiyor, içiyor ve aynı konuları konuşuyoruz. Yenilikten kaçmak değil bu, kendi dairemizin içinde bilinçsizce dönüp durmak. Sonra ne mi oluyor? Kendimiz olmaktan çıkıp herkes oluyoruz. Ben olmayı unutup biz olmaya çalışıyoruz. Kendi yarattığımız bu güvenli düzenin içerisinde, tenhalıklardan kaçışlarımızda, kalabalıklar içinde yalnız kaldığımızı, kaybolduğumuzu anlayamıyoruz bile... Bunu yıkmanın tek yolu farkındalık. Tıpkı, yataktan dinç bir şekilde kalkıp dünya aslında ne kadar güzelmiş demek veya kör birinin gözlerinin aniden açılması gibi. Ve benim farkındalığım Hande oldu...

Her şey bu kadar güzel giderken, içimde sessizce beni yoklayan özgürlüğümün rahat durmadığından da emindim. Bu halimi sanki kıskanıyor ve "Ben de buradayım, benimle de ilgilen" der gibi arada parmağını havaya kaldırarak zıplıyordu. Alışık olmadığı bu duygu onu hafiften hafiften rahatsız ediyordu. İçimdeki özgür, vahşi kurt; evcil, uysal bir köpek olmamdan rahatsızdı. Bunun farkındaydım ama derin bir nefes alıp onu diplerime itiyordum.

Çok mutluydum hem de çok. Kadınım, yavrum, dostum, sevgilim, canım diyebildiğim ve tüm bu söylediklerimi ta içimden hissettiğim Hande'm vardı. Sustururdum ben o kurdu. Beni vahşi, ıssız ormanlara uluyarak çağıran o kurdu dinlemeyecektim. *Dinlemem değil mi?* Kalp her zaman ne istediğini bilir, mesele aklı susturmakta...

-11-

O kadar kendi içimize dalmıştık ki arkadaşlarımla bile zar zor görüşüyordum. Önceliğim Hande olmuştu ve bundan oldukça hoşnuttum. Bir öğleden sonra Murat aradı:

"Oğlum nedir bu halimiz ya? Kızlarsız görüşemez olduk. Bu gidişle örgüye falan başlayacağız. Sen de tamamsan bizim çocukları da arayacağım. Erkek erkeğe bir şeyler yapalım. Hande'den izin alamazsan söyle bana, ikna ederim ben onu."

"Yuh artık, bana bunları söyleyene bak. Kaç ay oldu evleneli, tek başına sokağa çıkamayan sensin. Buluşalım da diplomanı verelim artık sana."

"Ha ha ha çok komik. Ne diploması diye sormayacağım bile. Sensin kılıbık. Neyse, tamam mısın bu akşam?"

Akşam bizim balıkçıda dört samimi arkadaş; ben, Murat, Emre ve Kaan buluştuk. Daha ilk kadehlerimizi tokuştururken Emre bizimle dalga geçmeye başladı.

"Hadi çifte kumrulara içelim."

Kaan durur mu hiç?

"Hadi Murat'ı kaybettik onu anladım da sana ne oluyor abi?"

Konunun akşam boyunca bana döneceği belli oldu. Başından kesip atmaya karar verdim.

"Uğraşmayın benimle. Gayet iyiyim ben."

"Orasını anladık. Seni sokaklarda göremez olduk, gördüğümüz zamanlarda da yanında hep Hande var."

Murat benden önce cevap verdi.

"Size ne oğlum? Adam sizin gibi serseri mi? Seviyeli bir ilişki yaşıyor. Hem biz çift olarak dolaşıyoruz artık, sizin gibi sürtük playboylarla işimiz olmaz."

"Sizin seviyenizi yerim ben. Görürüm ikinizi birkaç ay sonra. Neyse ağzımı açtırmayın şimdi."

Kaan yine konuyu bana döndürdü.

"Hem abi sen hep demez miydin 'Alarm kurdum, aşka çeyrek kala çalıyor, oradan kaçıyorum' diye? Şimdi saat kaç? Yoksa saatin mi bozuldu?"

Emre gülerek cevap verdi.

"Aşkı çeyrek geçiyor bence."

Ben de gülmeye başladım ama içimden kendime sordum "Gerçekten saat kaç?" diye.

Arkadaşlarımla gecenin sonunu bilmeden gezmeyi özlediğimi fark ettim. Hiçbir şeyi umursamadan içmeyi, gülmeyi, azmayı, çapkınlığı, hesapsız yaşamayı, nerede kiminle uyanacağımı bilmemeyi özlediğimi hissettim. İçimde beni kemiren bir vicdan olmadan, yeni bir kızla bir şey yaşamanın aldatma olmamasını, tek vereceğim hesabın kendi hesabım olmasını, tek taşıdığım sorumluluğun bana ait olmasını özlediğimi gördüm. Fakat bir yandan da sadece on iki saat önce gördüğüm Hande'yi nasıl bu kadar çok özlediğimi fark ettim. Kafamda özgürlük ve Hande güreşirken rakı kadehimi havaya kaldırdım.

"Bırakın şimdi saati de aşkı da, hadi içelim."

Nasıl bir kadını susturmanın en güzel yolu onu öpmekse bir erkeği susturmanın da en iyi yolu kadeh kaldırmaktır. Ayrıca her rakı kadehi sevdiği kadına kalkar şayet yanında olmasa bile...

Murat akşam boyunca Nevin'in ne kadar kıskanç olduğundan yakınırken aklıma Hande'nin tabiriyle sahiplenişi benim tabirimle kıskançlığı geldi. Geçenlerde Hande'yle baş başa rakı içerken ikimizin kadehleriyle masanın fotoğrafını çekip altına "Sen bana rakı sofraları kur, ben sana sarhoş olayım" yazıp sosyal medyada paylaşmıştım. Kızın birinden hemen altına "Ay dur, hemen gelip kurayım" diye bir yorum geldi ve ben de gülerek Hande'ye yorumu gösterdim. *Aslında hoşuma da gitmişti bu durum.* Hande hiç düşünmeden cevabı yapıştırdı: "Benim olduğum yerde o ancak sofrayı kaldırır." Ve konuyu noktaladı. Hayranım bu kızın özgüvenine...

Bu da bir şey mi? Hande'nin beni kediden kıskandığını bilirim ben. Adnan Hoca'nın kediciklerinden bahsetmiyorum, bildiğin bahçemde dolaşan sokak kedisi. Bir akşam Murat ve Nevin'le hep beraber bahçede bir şeyler içip sohbet ediyorduk. Konu kadın erkek ilişkilerine geldi. Kadınların daha çabuk ve kolay ilişkilere atladıklarından, bu sebeple de yaşadıkları aceleci saçma sapan ilişkilerden bahsediyorduk. Tehlikeli sularda yüzüyorduk yani. Murat Nevin'in korkusundan konuya pek girmediği için aslında ben tek başıma yüzüyordum. Tam hararetli bir şekilde haklı olduğumu anlatmaya çalışırken o meşhur dişi kedi yanıma gelip bacağıma sürtünmeye başladı. "Hah işte..." dedim. "Gördünüz mü kedi de olsa dişi dişidir, tek derdi evimin içine girmek." Hande tezimin yanlış olduğunu ispatlamak istercesine kediyi sevmeye başladı, hatta kucağına alıp "Ne alakası var, onun tek derdi sevgi" deyip kediyle oynamaya başladı. Aklı sıra kediyi kandıracak. Fakat kedinin bir gözü bende ve açık olan mutfak kapısında. Ayağa kalkıp içeri girdim, kedi de Hande'nin kucağından atlayıp peşimden içeri koştu ve bacaklarıma sürtünmeye başladı. Hande'ye dönüp "Ne oldu? Kim haklıymış?" dememle birlikte Hande hışımla ayağa kalkıp yanımıza geldi, kediyi ani bir hareketle yakalayıp doğruca havuza fırlattı. Sonra bana dönüp "Sen cilveleşip her dişiye kuyruk sallarsan her kedi içeri girer. Ama gördüğün gibi sonu da böyle olur" dedi. Zavallı kedi panikle sırılsıklam bir halde havuzdan çıkıp kaçtı ve o gün bugündür bahçemizde sadece kuşlar geziniyor. Gerçi arada Hande'nin o kuşlara şüpheli bakışlarını da hissetmiyor değilim...

Neyse biz Hande'nin kıskançlıklarını pardon sahiplenmelerini bir tarafa bırakıp konumuza dönelim. Akşam boyunca bolca sohbet ve kahkaha eşliğinde bolca rakı tükettik. Murat her zaman olduğu gibi çoktan sarhoş olmuştu bile. Aslında bizim de ondan farkımız yoktu. Sadece Boğaz'da rakı balık yapacağız diye başlayan akşam orada bitmedi. Rakı şişede durduğu gibi durmadı ve mazotu alan bizler doğal olarak geceye devam ettik. Her gittiğimiz mekânda bolca içtik. İyice sarhoş olan Murat'ı elimden geldiğince zapt etmeye çalışıyordum ama o sarhoş halimle başarılı olma şansım pek yoktu. Gittiğimiz barlarda birer birer azaldık ve geriye sadece ben ve Murat kaldık. Tüm ısrarlarıma rağmen bizimkini o son bardan çıkaramadım. Benim de çoktan pilim bitmişti ve Murat'ın "Sana ne abi benden? Sen istiyorsan git ve beni rahat bırak. Benim bu gece keyfim yerinde. Kırk yılın başında dağıtıyorum işte, karışma bana" lafıyla "Sen bilirsin, günah benden gitti" diyerek evimin yolunu tuttum.

***

Zır zır çalan kapının ziliyle sıçrayarak uyandım, saat sabahın altısı. Panikle kapıyı açtım. Karşımda bitik bir şekilde, sarhoşluktan ayakta zar zor duran Murat'ı buldum. Neredeyse ağlayacak, hatta çoktan ağlamış bile. Körkütük sarhoş, hatta kendinde bile değil. İçeri girdi ve anlatmaya başladı:

"Abi bittim ben, mahvoldum."

"Ne oldu? Meraktan çıldıracağım anlatsana oğlum. Kaza mı yaptın? Birinin başına bir şey mi geldi?"

"Keşke kaza yapsaydım, daha iyiydi. Bittim ben bittim. Hepiniz gittikten sonra tek başıma bir bara daha gittim, içmeye devam ettim. Hayal meyal hatırlıyorum bazı şeyleri. Eskilerden bir kıza rastladım."

"Hangisine? Neyse boş ver, eee?"

"Kızla içmeye devam ettik, galiba barda kızı öpmeye başladım, orası tam net değil."

"Yuh, öküz. Eve dön diye kıçımı yırttım tüm gece. Zaten içince ne zaman dinledin ki beni? Bir damla alkolle şeytan giriyor içine."

"Dur abi, bu kadarla kalsa iyi."

"Barın tuvaletinde seviştim deme sakın bana?"

"Keşke abi, keşke orada sevişseydim."

"Ne yaptın oğlum? Dayanamıyorum artık, sadede gel."

"Kızı da alıp bardan çıktım, taksiye binip eve geldik beraber."

"Kimin evine?"

"Benim evime abi."

"Neee?"

"Daha eve girer girmez holde öpüşmeye ve soyunmaya başladık. Doğru yatak odama girdik. Işığı açtım ve Nevin'i yatakta doğrulmuş bana bakarken buldum. Bittim ben, hayatım karardı. Öldürsem mi kendimi? Ne yapacağım ben şimdi?"

Sözlerini bitiremeden neredeyse hıçkırarak ağlamaya başladı.

Murat'ın düştüğü durum o kadar trajikomikti ki dayanamayıp gülmeye başladım. Elimde değil ne yapayım, gözümün önüne o sahne geliyor. Murat bana ağlayarak bakmasa kahkaha atacağım. Kendimi toparlamaya çalışıp, becerebildiğim en ciddi pozu takınarak, "Tamam oğlum, olan olmuş, şimdi yapabileceğimiz bir şey yok. Sakinleş artık. Dur sana bir kahve falan yapayım, leş gibi sarhoşsun..." dedim.

"Ne kahvesi abi! Bitmişim ben, sen hâlâ kahve diyorsun. Viski koy, hatta şişeyi getir."

***

Murat sızdığında güneş çoktan doğmuştu. Tam ben de uyumak üzereyken telefonum çaldı. Arayan Hande ve ben daha "Alo!" demeden sinirli bir şekilde konuşmaya başladı.

"Sana geldi değil mi o hayvan arkadaşın? Ya, nasıl yapar böyle bir şeyi? Nasıl bu kadar iğrenç olabiliyorsunuz? Aklınız fikriniz şeyinizde. Onun doğrultusunda yürüyorsunuz. İnanamıyorum, gerçekten inanamıyorum. Hem de evine, yatak odasına atmış kızı."

"Sunuz derken? Benim ne suçum var şimdi?"

"Hepiniz aynı değil misiniz, hepiniz öküzsünüz. Neyse çok sinirliyim, şimdi konuşmayalım. Özür dilerim sana patladım. Nevin'in yanına gidiyorum şimdi. Ararım sonra."

Murat'ın geri zekâlılığı yüzünden ben de azar işittim. Sonraki birkaç gün Murat bende kaldı. Ağlamasını sızlamasını dinlemekten, aynı lafları yeniden duymaktan artık nefes alamaz hale gelmiştim. Hande de benimle aynı durumda, Nevin'in yanında çıldırmış haldeydi.

Murat'ın Nevin'i aldatması, aşkı ve ilişkileri sorgulamama sebep olmuştu. Aşk ile başlayan bir ilişkinin kısa zaman içerisinde aldatmaya kadar gitmesi aşka olan inancımı yeniden sorgulatmaya başlamıştı. Kafamda deli sorular dönüyordu: "Aşkın gerçekten kişiye ve ilişkiye bağlı olarak bir ömrü mü var?" yoksa "Aşk daha başlamadan kaybedilmiş bir savaş mı?"

Murat'ın yaşadığı aşka rağmen rahat duramaması ister istemez Hande ile yaşadığımız ilişkiyi tekrar gözden geçirmeme neden oldu. Yoksa bir gün benimde mi gözüm başka kadınlara kayacak? Aklıma, kalbime inanmayıp bende mi şeyimin doğrultusunda hareket edeceğim? Hande'ye böyle bir adilik yapamam ben. *Yapmam değil mi?* Aldatmak istemiyorum onu da, başkasını da, kendimi de.

Yaptığım tek şeyin aşktan kaçmak olduğunu anladığım güne kadar aşkı aradığımı sanmıştım. Çevremden çapkın damgası yememin belki de en büyük sebebi buydu, inanmamaya çalıştığım duyguyu nasıl arayıp bulabilirdim ki? Çok büyük konuştuğum zamanlar da oldu: "Mantık ilişkisi yaşayamayacak kadar tutkulu ama âşık olamayacak kadar da akıllı bir adamım..." Ne demişler, büyük lokma ye ama büyük söz söyleme. Bir de utanmadan alarmlar kurdum aşka çeyrek kala çalan.

Bazen aşkı bulmak için gereksiz yere çabalıyoruz, bazen de buluyor ama görmek istemiyor, kaçıyoruz. Kimi zaman aşk bizi buluyor tesadüflerle, kimi zaman da tam önümüzde duruyor ama fark edemiyoruz. Bulduğumuz aşkı bazen yok edebiliyoruz korkularımızla, özgürlüğümüzle, geçmişte biriktirdiğimiz hayal kırıklıkları ve acılarla. Bazen de aşk yakıyor bizi alev alev ya da boğuyor okyanuslarda. Seni ve beni biz yapıyor.

Belki de bir gün bir başkasına yalan söylememek için çok uzun bir süredir kendime yalan söylüyordum, kaçıyordum aşktan. Dervişler gibi döndüm durdum ömrüm boyunca ve Hande'yi buldum sonunda. Hande var şimdi hayatımda ve ben ürküyorum; yanlış yapmaktan, kaçmaktan, yalan söylemekten, aldatmaktan, yok olmaktan. Bir tarafım "Şayet hayatında kimse yoksa kimseyi üzmezsin" diyor. Özgürlük cilveli cilveli fısıldıyor kulağıma "Gel dön bana, burası çok eğlenceli. Neler kaçırdığını bir bilsen" diye, ama Hande'nin varlığı susturuyor onu. Ne de olsa, özgürlük peşinde koşmak yüzünden aşktan kaçıp özgürlüğünü kaybetmek de var... *Teşekkürler Murat, yine yaptın yapacağını bana. Soktun kafama tüm bu derine gömdüklerimi...*

-12-

Sonunda Nevin anne evine, Murat kendi evine döndü ve sorgulamalarım geçici bir sessizliğe gömüldü.

Hande ile ilişkimiz Murat'ın benim evimden ayrılmasıyla tekrar eski düzenine kavuştu. Murat'ın aldatması hakkında ağzımdan kaçan "Adam aslında aldatmadı, sarhoşluktan geçici hafıza kaybı yaşadı, bu sayılmaz..." lafıma çok sinirlenen Hande, yavaş yavaş yumuşamaya başlamıştı.

Onu birkaç gün görememek bile yarım bırakmıştı beni. Hande'nin öyle masumlukla karışmış yaramaz bir bakışı vardı ki, içimi her seferinde eritiyordu. Sanki, hayatım boyunca hep yanımdaymış ama her baktığında onu ilk defa görüyormuş gibi hissediyordum kendimi. Olmazsa olmaz dedirten o bakışı, o gülüşüydü beni, bizi taze tutan. Sanki ben hep onunlaydım. Ondan öncem yokmuş gibi geliyordu. Hande bunun farkında mıydı değil miydi bilmiyordum. Ne kadarını gösterdiğimden, ne kadarını kendime sakladığımdan inanın hiç emin olamadım. O kadar yoğun hissediyordum ki onu; belli etmemeye çalışsa da yaşadığı her duygu çıkmazını, ufacık bir sorununu, çaktırmasa da moralinin bozuk olduğunu, ne kadar saklasa da kızgınlığını, onun her duygu halini anlayabiliyordum. Ona karşı olan hislerimi, ona ne kadar değer verdiğimi, her an aklımda hep onun olduğunu anladığını düşünüp bırakıyordum kendimi. Hande'ye, hissettiklerimi yüksek sesle söyleyemiyordum, içimde yaşıyordum çoğu zaman. Bu halimi; duygularımı ifade edemediğim, belli edemediğim bir tembellik, belki de bir korkaklık gibi düşünün. Yüreğimdeki fırtına sadece yüreğimde kaldı, dışa vurmadı. *İçimden mi seviyorum seni, gösteremiyor muyum? Sen anlayabiliyor musun o içimdeki fırtınayı? Sen cıvıl cıvıl, bir dişi bülbül gibi yuvamızı yaparken; ben şarkılar söyleyip kur yapamıyor muyum sana?*

Biz birbirimizi o kadar iyi anlıyorduk ki, uzun uzun konuşmadan anlaşabiliyor, hissedebiliyorduk. "Burası serin mi? Biraz üşüdüm" dediğinde sarılıyordum veya işi ile ilgili yakındığında "Çalışma o zaman veya işini değiştir" demek yerine, uzun uzun dinliyordum, gereksiz yorumlar yapmadan. Evden çıkarken aynaya uzun uzun bakıyorsa "Çok güzelsin" diyerek öpüyordum onu. O da beni anlıyordu, moralim bozuk olduğunda ne oldu diye sormuyor, "Hadi biraz dışarı çıkalım" diyordu. Benim modumu düzeltecek farklı bir konu açıyordu. Düştüğüm, kıllaştığım anlarda yüzüme bakıp gülüyor, güldürüyordu beni. İlk günlerimizde bana "Biz sarılınca her şey geçer değil mi?" demişti. Ben de, dibine kadar inanarak "Evet..." diye cevaplamıştım onu. Aslında biz bunu hep yaptık. Birbirimize sarılmayı becerdik. Sadece sevgili değil, birbirini çok iyi anlayan iki dosttuk biz.

Öyle dişe diş bir ilişkimiz vardı ki; çatmıştık birbirimize. Her konuşmamız, bakışımız, birbirimizle uğraşmalarımız, tatlı kurcalamalarımız, dürtmelerimiz sonu kahkahayla biten eğlenceli atışmalarımız olmuştu. Diş dişe ama gerçek dişi ve gerçek adam olmuştuk beraber dibine kadar. O tüm kadınlığıyla, ben de tüm adamlığımla birbirimizi ısırıyorduk aynı öpüşürken dudaklarımızı hafifçe dişlememiz gibi.

Ben gece adamıydım o ise tüm gün kadını. Sabahları benim kendime gelmem zaman alırken, o hep mutluydu. Sabahın köründe evden çıkıp arabaya bindiğimizdeki halimiz buna en güzel örnek; radyoda çalan müziği mırıldanıp, elleri ve omuzlarını oynatarak dans etmesi ve mutluluğunun verdiği anı durdurma isteğiyle o selfie çekişleri. Tüm o resimlerde benim uyuz, ciddi bakışlarıma rağmen onun içten gülüşü bizim sabahki ruh halimizi özetliyordu. Ben sabahları domuz gibiyken onun bunu bilip umursamaz enerjisine hep hayran kaldım. Sabah enerjimdi Hande benim, beni güne hazırlayan mutluluk şarjım, sabah kahvem...

Bir sabah koynumda yatarken, kaçamak bakışlarını gözlerimde hissettim, döndüm gözlerinin içine baktım ve bir anda gülümsemeye başladım. Hem de kocaman bir gülümseme, kalbimi gülümsetti o sıcak bakış, o da gülmeye başladı. Sessizce fısıldadım "Ne yapacağım ben seninle?" diye. "Seveceksin beni" dedi. "Hem de çok seveceksin." İçimden bağırıyordum "Çok istiyorum kendimi sana bırakmayı" diye ama dışım sessizdi. "Anlasan beni keşke" diye devam etti sessizliğim, üflesen kalbimin küllerinin üstüne. Döndü ve öptü beni, duydun mu yoksa sessizliğimdeki çığlığı?...

Bir akşam iş çıkışı beraber yemeğe gittik. Daha masaya oturur oturmaz Hande konuşmaya başladı:

"Sekiz dakika."

"Ne sekiz dakika?"

Hande o tatlı gülümsemesiyle devam etti:

"Bugün seni düşünmeden kaç dakika geçirebiliyorum diye saat tuttum. Tam sekiz dakika. İnanabiliyor musun sen aklımdan sadece sekiz dakika çıkıyorsun. Seninki de sekiz saat falandır kesin."

Gülmeye başladı. Gözlerinin içinde öylesine kayboldum ki cevap bile veremedim ve o konuşmaya devam etti:

"Sen bana hep böyle güzel bak ama hep böyle. Senden başka hiç kimse yok der gibi değil, senden başka hiç kimsem olamaz der gibi."

"Sence aşk nedir?" diye sordu bana.

Ağzımdan döküldü laflar:

"Aşk, şimdi... Şu an..."

Aslında hiç beklemediğim anda gelen bu soru karşısında afalladım. İçimden tüm geçenleri söyleyemedim ona. Sorguladım kendimi, aşkı, özgürlüğümü...

Cevabı içimde yaşıyordum sessizce:

"Aşk kimi zaman hiç beklemediğimiz bir anda gelen bir sarılma ya da uyurken tam da ürpermişken üzerimizde hissettiğimiz o sıcacık battaniye. Televizyon izlerken aynı koltukta uyuyakalmak ya da birlikte aynı anda aynı şeye odaklanmak. Beraber sevginizi katarak zevkle yemek pişirmek. Yorgunluk emen bir sünger olmak bazen, bazen de üzüntümüzü içine çeken bir süpürge. Kocaman bir iyi şans öpücüğü kimi zaman. Hiçbir özel günümüzü unutmayan birinin varlığı. O ruhumuza işleyen sımsıcak bakışları.

Nerede ve ne durumda olursak olalım birbirimize verdiğimiz güven duygusu. Her hasta olduğumuzda, keşke ben hasta olsaydım senin yerine diye içinden geçiren, hastalık kapma pahasına yanımızdan ayrılmayan bir hemşire kimi zaman. Mutlu ettiğimizde mutlu oluşumuz, üzdüğümüzde kahroluşumuz. Sevinci, heyecanı, korkuları hatta en derin sırlarımızı, her şeyi ama her şeyi paylaşabildiğimiz... Alelade geçen bir anı, çok özel bir hale getirebilmemiz. Birlikte yaptığımız en anlamsız şeylerin bile anlam kazandığı o anları yakalamak. Onsuzken geçirdiğimiz en keyifli zamanlarda bile yarım kalmak, 'Keşke yanımda olsaydın' diyebilmek... İşte aşk; bu küçük görünen ayrıntıların içinde saklı.

Aşk dağınıktır, âşıkken dağınıksındır. Âşık olduğunu anlamanın en yalın halidir dağınık olmak. Âşıkken tamamen obsesif kompülsif bir ruh halindesindir. Saate bakarsın, 'Şu saat şu dakika içinde ararsa seviyordur' dersin. Papatya falı bakarsın 'Seviyor, sevmiyor' diye. Aşk kafanın karışmasıdır; ne giyeceğine karar veremediğin, karnının hiç acıkmadığı ve on saat uyumadan kendine gelemeyen insanın üç saat uykuyla kendini enerjik hissedebilmesidir aşk. Adrenalin, serotonin, endorfin salgılanmasıdır aşk. Mevlana'nın aşkı gibidir: 'Ya göründüğün gibi ol ya da olduğun gibi görün.' Osho'nun egoistliği gibidir aşk, özgürlüktür... Aşk fırtınalı bir okyanusta yüzmek gibidir, ne kadar iyi yüzersen yüz kaybolmaktır onun gözlerinde..."

Ben tüm bunları seninle yaşıyorum ve yaşamaya devam etmek istiyorum.

Hande'yi tanımadan önce aşk hakkında kuşkularım vardı. Âşık olanları gördüğümde altında bir şey var sanır, inanmaz, inanmak istemezdim belki de. Gereksiz sahte bir çıkarcılık ve beklenti olduğunu düşünürdüm. Yapmacıklık ve yanlış giden bir şey olduğunu kendime kanıtlamaya çalışıp, her gördüğüm küçük veya büyük ipuçlarını birleştirip düşüncemin doğru olduğuna inandırırdım kendimi.

Şimdi durum çok farklı; belki tam karşımda, yanımda hatta içimde tüm inkâr ettiğim duygular.

Hayat, biz kendimizden emin kararlar aldığımızda sessizce "Emin misin?" der ya bazen, işte başıma gelen inanın tam olarak buydu. Çeyrek kala çeyrek asır önce gibi geldi bana. Ve çok ürktüm, çok korktum, hatta bir an, kaçmalıyım buradan diye düşündüm.

Alıştım mı ben sana, yoksa âşık mıyım? Bu sorgulamayı yapmam bile yakışmıyor, biliyorum. Evet alıştım senin bana, benim sana dokunuşuma, öpüşmelerimize, sevişmelerimize, sıkılmadan her seferinde ilk kez gibi kendimizi anlatışımıza, ilk günkü gibi hayranlıkla dinleyişimize. Âşıkların kendilerine has kokusu vardır, birbirine sinmiş. Kokumuza alıştım ben.

Bizimki aşk mı yoksa alışkanlık mı? Ne zavallı bir soru bu? Bunu sorgulamak bile aslında gösteriyor altında yatan duyguyu.

Aşkın nasıl mevsimi yoksa alışkanlığın da acabası yok. O kadar birbirine karışmış ki, gel de ayırt et, gel de işin içinden çık. Aşk ve alışkanlık iç içe geçmişler bir kere. Aşk bir çiçekse o da onu saran arsız ayrıkotu. O hep çıkacak oradan, arsızca ve biz hep yolacağız o otu. İşte aşk ve alışkanlık böyle bir şey. Çiçeği boğmamak için söktüğümüz ayrıkotları. Aşkı canlı tutmak için ezber bozduğumuz o anlar.

Belki de ben seni hayalimde yarattım. Belki de sen gerçeksin ben hayal. Bunların hepsi benim beynimin bir oyunu ya da Yaradan'ın bana bir ders hikâyesi. Ben çok mu istedim aşkı ya da aşka olan inançsızlığım benden intikam mı alıyor şimdi? Benim ben oluşum seninle mi ilgili? *Şımarma hemen, çok mu açıldım sana? Seninle var olduğumu söylemek bile ürkütüyor mu beni?*

Aşk, sevgi, tutku ve ego; bence uzak durun birbirinizden, rahat bırakın beni en azından. Karışıyorsunuz bazen, bir de yanınıza alışkanlık denen kardeşinizi de alıyorsunuz ve ekip tamamlanıyor. Cesaretiniz varsa tek tek çıkın karşıma. Baş ederim sizinle. Ben meydan okurum, yeter ki siz tehdit etmeyin seç birimizi diyerek.

Aşkın gelgitleri vardır, işte o zaman sorgularsın âşık mısın diye; sabah kafanda ayrılıp, öğlen acaba deyip, akşam özleyip, gece tekrar âşık olduğunu anlayınca. Ne yazık ki ben tam da bunu yapmaya başlamıştım. Hiç durmadan uluyan ve beni özgürlüğe çağıran kurt kandırmaya başlamıştı beni. Bir yandan kaçıyor, diğer yandan yakalanıyordum hem aşka hem de o kurda. İkisiyle başa çıkamıyor, yoruluyordum. Hiçbirine kendimi teslim edemeyip yarım kalıyordum. Sabah ayrılma kararı alıyor, muhteşem gideni bozmaya karar veriyor, akşam özleyip dayanamıyor ve hiçbir şey yokmuş gibi davranıyordum. Ben, ben olmaktan çıkmış, yarı evcil köpek, yarı vahşi kurt olmuştum. Artık tanıyamıyordum kendimi.

Hande'yi tanımadan önce aşka inancımı kaybetmiştim. Aşkın gerçek olmadığını kendime inandırmaya çalışmıştım. Kolaya kaçıp, daha önceki tecrübelerimden, hayal kırıklıklarımdan etkilenmiş, kendi güvenli bölgeme çekilip araya da Çin Seddi örmüştüm. Aşk, sevgi, şehvet, temas, seks gibi güçlü güdülerimi ve ihtiyaçlarımı farklı bedenlerde, seslerde, okşayışlarda geçiştirmiştim kendi çapımda. Belki tüm bu yarım kalışlarımı içimde o kadar biriktirmişim ki bir yerden taştı ve Hande'ye aktı. Bir tarafım Hande'yi yaşıyor, belki de diğer yanım bu geçiştirdiğim ve alıştığım özgür hayatımı, kendi güvenli bölgemi özlüyordu. *Bilmiyorum, karmakarışığım...*

Bazen daha fazladır her şey; mutluluk, üzüntü, keder, sevinç, heyecan, pişmanlık. Hayat bu, düzeni bozuk. Bazen aşk fazla gelir bazen de ayrılık fazla...

***

Sonraki günlerde sorgulamalarım artmış ve iyice dağınıklaşmıştım. Aramıza mesafeler koymaya çalışıyor, duvarlar örüyordum bilinçsizce. Sanki bir şeyler kaçırıyormuş hissi boğuyordu beni. Mesajlarına daha az cevaplar verip, daha az arıyordum onu. Birlikteyken daha sessiz daha durgun hale gelmiştim. Kadın her şeyin farkındadır aslında; yalan söylendiğinde, istenmediğinde, çok sevildiğinde, değersiz görüldüğünde ve en önemlisi önemsenmediğinde. Bu halim Hande'nin gözünden kaçmadı ve bir gün aniden konuyu açtı:

"Aramıza koyduğun sahte mesafeler bir işe yaramayacak. Bunu bilesin diye söylüyorum. Sana olan sevgimin önüne geçemeyecek."

"O kadar emin olma. Bu konuda mastır yaptım. Çok becerikliyim."

"Sen boşuna uğraşmaya devam et, ben de seni sevmeye. Herkes en iyi yaptığı şeyi yapsın o zaman."

Gülmeye başladı, ben de güldüm. Gözlerimin içine bakarak konuşmaya devam etti:

"Korkuyor musun? Yaşadıklarımıza inanmakta zorlanırken korkmak ne ki? Ne kadar sıradan bir duygu. Bize biraz cesaret lazım, sana ise her gün bir doz ben. Bana sen iyi geliyorsun, sana da ben. Ben sana sarıldıkça güçleniyorum, sen bana baktıkça çözülüyorsun. Hep derim ya aşkın olduğu yerde birden fazla çözüm yolu vardır diye, bugün yine böyle bir günümüzdeyiz. Bak aşkım biz gülünce ne kadar kolay her şey."

Aşk dolu gözlerinin içine baktım, kendime çekip öptüm dudaklarını. *Hayat aslında seninle güzel, ben seninle güzelim ya da ben mi öyle hissediyorum, sana bakıyorum ve ben bu sevginin altında eziliyorum? Gözlerin güzel, kokun güzel, kalbin güzel, sen güzel…*

Bazı şeylerden saklanabilir hatta geçmişte bırakabiliriz. Ama bazı hisler vardır ki hep içimizdedirler. Nereye gidersek gidelim, ne kadar uzaklaşırsak uzaklaşalım yanımızda taşırız. O duygulardan ne zaman ve niye kaçtığımızı bilemez; sanki böyle doğmuşuz, yaratılmışız gibi yaşamaya devam ederiz. Sonra bunun adını kimi zaman karakter koyup "Ben böyleyim işte ne yapayım?" der, kimi zaman da kadere yükleriz. Hande ile olan ilişkimde tam böyle bir döneme girdim. "Ne yapayım? Ben böyle biriyim..." dediğim günlerime.

Seyrinde giden ilişkimiz üstüme üstüme gelmeye başlamıştı. Aramızdaki çekim bağlılığa dönüşmüş ve bana bir yük, bir esaret gibi geliyordu. Hande yokken onu istiyor, onunlayken de yalnızlığımı özlüyordum. Bağlılık bir ihtiyaç biliyorum ama aşkın bağlılığa dönüşmemesi gerekmez mi? Osho'nun söylediği gibi: "Bağlılık bir ihtiyaç; aşk sadece bir yem." Bağlılık adına bir balığın peşinde miydim yoksa aşk, balığı yakalamak için kullandığım bir yem miydi?

Yalnızlığımı, özgürlüğümü istiyor; o vahşi ormanları, gece hayatını, arkadaşlarımı, kendim dışında kimseye hesap vermemeyi, bir dakika sonra ne yapacağımı bilmemeyi, ani bir kararla seyahat etmeyi özlüyordum. Hemen yanlış anlamayın; önüme gelen kadınla tanışmak, cilveleşmek, sevişmekten bahsetmiyorum. Özgürlük, sadece cinsellik değil bir erkek için. Özgürlük hesapsız yaşamak, sorumluluk almamak, yatağın tamamına sahip olmak, istediğin an yatıp istediğin zaman uyanmak, kimi zaman gaz çıkarmak, kimi zaman da ağzını şapırdatarak yemek yemek... Ben hem Hande'yi hem de tek başınalığımı seviyordum. İlişkimiz kimi zaman vazgeçilmez, kimi zaman da vıcık vıcık geliyordu.

Biz erkeklerin ilişki belli bir noktaya ulaştığında yaşadığı ikilem işte bu. Bunun sebebi belki kadınlara kıyasla çok daha fazla duygusal ve cinsel seçeneğe sahip olmamız, belki yalnız yaşamaya daha rahat devam edebilmemiz, belki seçeneklerimizin daha fazla olması, belki toplum baskısını kadınlar kadar yoğun yaşamamamız, belki de duygusal boşluğumuzu önümüze gelen her kadınla geçici de olsa doyurabilmemiz.

İşte böyle bir ikilem arasında kalmış, ilişkimi soğutarak bitirme yolundaydım. Hande bunun farkındaydı ve sevgisinin verdiği sabırla benim içimdeki kurtla sessizce savaşıyordu.

-13-

Bir sabah Hande hâlâ uyurken kalkıp duşa girdim. Daha önce bana batmayan hatta görmediğim detayları görmeye başladım. Duşta onun şampuanları, saç kremleri, duş jelleri, banyodaki makyaj malzemeleri, tokaları sanki bana "Senin yurdunu ele geçirmek için cephane stokluyoruz" dedi. Evin muhtelif yerlerinde ona ait ufak tefek "Kokumu, varlığımı her yerine saçtım" diyen eşyalarını gördüm. Kendi kendime söylenerek giyinme odama girdim, kullanmadığım kapağı açık bir dolaba gözüm ilişti. İçi Hande'nin kıyafetleriyle doluydu. Hiç beklemediğim bu sahne karşısında afalladım. Bu eve hiç bavul getirmemişti ve bu kadar kıyafet birkaç bavulla taşınabilirdi ancak. Muhtemelen ertesi sabah işe giyeceği kıyafetlerini getirip geri götürmediği için birikmişti. Bunun farkındaydım ama yine de ilk anki şaşkınlığım yerini tedirginliğe bıraktı. "Yavaş yavaş evime mi yerleşiyor yoksa? Topraklarım, özgürlüğüm gizli bir işgal altında mı?" diye içimden söylenirken, dışımdan istemsizce bir

"Çüşşş!" lafı çıktı. Biraz yüksek sesle söylemişim galiba, anında Hande yanıma geldi. Beni kıyafetlerinin önünde "Çüşşş!" derken buldu. Bana gözlerinde şimşekler çakarak baktı. *Gözlerinle dövme beni.*

"Çüş diye benim kıyafetlerime mi söylendin sen?"

Cevap veremedim. Aslında bir suçu yoktu Hande'nin, hepsi iş kıyafetiydi ve geceleri yanımda kalmasını ben istiyordum. Haklıydı ve ben utanmadan söylenmiştim. Ama bir taraftan da işgal altında hissediyordum kendimi. Benden bir cevap alamayan Hande hızla eşyalarını toplamaya başladı. Şimşek çakan gözleri buğulandı, gözyaşlarını bastırarak konuşmaya başladı:

"En güzel günlerimi seninle yaşadım. Her şeyin eni sana ait. En çok sana âşık oldum, en çok seni sevdim, en çok seninle sevildiğimi hissettim, sen oldun en iyi dostum. En gerçek kahkahalarımı, en içten gözyaşlarımı seninle paylaştım ben. En çok senin yanında ben oldum. Ve şimdi şu söylediğine inanamıyorum. İzin vermeyeceğim buna, hiçbir kötü duygunun enlerini seninle yaşamak istemiyorum. Beni böyle kırmana katlanamam. Bu ilişki dibe vurup paramparça olmadan en güzel haliyle bitsin. Böyle ayrılalım. En güzel, en gerçek halimizle hatırlayalım. Daha fazla çirkinleşmeyelim... Enlerimiz hep güzel kalsın."

Bir kadın aklına gitmeyi koyduysa, kalması için yapabileceğin çok bir şey yok, tek bir şey hariç: Gitmesine sebep olan şeyi ortadan kaldırmak. Bunu bilen ben sustum, içime attım, "Gitme, ben seninim..." diyemedim, bastırdım aynı gözlerimde biriken yaşlar gibi.

Aslında duruşu, söyledikleri "Sen bir adım at ben hazırım iki adım atmaya" der gibiydi ama sustum, sadece sustum. Bazen "gitmek" ile "kalmak" arasında yapılan en çaresiz seçimdir susmak. Bir tarafım "Gitme dur" demek istedi, diğer tarafım ise "Bırak gitsin" dedi. İçimdeki evcilleşmeye çalışan köpeği, tüylerini diken diken yapmış hırlayan kurt susturdu. Sağımdaki meleği dinlemedim ben, solumdaki şeytana uydum. Makas var yine elimde ve ben kesiyorum tüm duygularımı, yine kaçıyorum hissettiklerimden, belki de kendimden. Bana bir iğne ve iplik lazım aslında. Söküklerimi, yırtıklarımı, bizi dikmek için. Fakat yine makas elimde tüm keskinliğiyle. Git diyemedim kalmasını isteyen ben, kal diyemedim gitmesini isteyen ben...

Sağımla, solumla, kurdumla, köpeğimle, alışkanlıklarımla, bilmediğimle yalnız kaldım. Doğrumla yanlışım savaştı yine. Kazanan kim mi oldu? Bunun cevabını veremem ama tek bildiğim kaybedenin ben olduğuydu...

***

Gelişini sevdiğim kızın gidişine de hayran kaldım. Cemal Süreya'nın dediği gibi: "Şık olmalı kadın dediğin! Gelişi, gülüşü, bakışı, duruşu... Hatta; gidişi bile." Dönmek için yolu arasa bulamayacak gibi gitti. Gidişi de gelişi gibi ani ve sert oldu ama gülüşünü, kokusunu bende unutup gitti.

Hande'yle ayrıldıktan sonraki ilk günler kendimi hafiflemiş gibi hissettim. Özgürdüm yeniden, istediğim gibi uçabilirdim. İstanbul sokakları bekle beni, biliyorum sen de beni özledin. Karışanım, arayanım, sorumluluğum yok artık. Dünya yeniden benim. Özgürlüğümü kutlamak istiyorum ya, kendimi hemen sokaklara attım. O bar senin, bu kulüp benim, öyle unutulmaz böyle unutulur şeklinde gezdim durdum. Zincirinden boşanmış bir köpek gibi oradan oraya koşturdum. Önüme gelen her kıza yazdım, cilveleştim. "Hayat bana güzel, yalnızlık gerçek sultanlık" modunda başka başka tenlerde kayboldum. Ayrıca bu tempo içimi kemiren Hande'nin boşluğunu, acabalarımı, sorgulamalarımı unutturuyordu.

Yabancı tenlerde onun tenini, kadehlerde onun hayalini yok etmeye çalıştım. Ne kadar içersem içeyim sadece başım dönüyordu, Hande değil. Yalnız kalmak istemiyordum, her yalnızlığım onun hayalini geri getiriyordu. *Konuyu sana getiren çok şey var ama seni bana getiren hiçbir şey yok.*

Sarhoş olmayı sevmiyorum hatta nefret ediyorum. Tüm içime attığım, dibime gömdüğüm duygularımı o arsız kadehler dışarı vurup benimle dalga geçiyor. Şarkıların sözlerini dinlemeye başlıyorum, normalde melodisini dinleyen ben. Ve her söz bana batıyor, acıtıyor canımı fütursuzca.

Evet, yatak tamamen bana aitti artık, istediğim gibi yayılıyor, tüm yatağı kaplamaya çalışıyordum ama yine de olmuyordu. Düşüncelerimi bastırmak için uyurken müziği veya televizyonu açık bırakıyordum. Acılar gece çözülüyormuş gerçekten ve geceler onsuzluğu bağırıyordu durmaksızın. Gecenin bir saatinde uyandığımda Hande'nin yanımda yattığından emin bir şekilde dönüyor ve yastıklara sarılıyordum.

Sabah uyandığımda yalnız olmanın verdiği rahatlık ve güzellik, geceden kalmanın o acı tadıyla birleşiyor ve sonrasında kahve ile sigaradan oluşan kahvaltıyla devam ediyordu. Önce ayrılıklar başlar, sonra yalnızlıklar...

Türkçe müziği duymak bile istemiyordum, şarkıların sözleri ne olursa olsun Hande'ye bağlanıyor, onu hatırlatıyordu. Ne de olsa âşıkken müziği, ayrıyken de sözlerini duyarız. Unutmak için daha çok geziyor, daha çok ses, daha çok ten istiyordum. Pişmanlık duymadan dokunduğum tenlere, yeterince zevk almadan yenilerini ekledim. Yalnızlığımı unutturan sahte kalabalıklara karışıyor, kokuları bastırmak için daha çok sigara içiyordum. Bazen göğüskafesimin içinde yapayalnız, bazen de kafamın içinde çok kalabalıktım.

Özgürlük hapının etkisi giderek azalmaya başladı. O vahşi kurt, evcil köpeği özlüyordu yavaş yavaş. En kötüsü ne biliyor musunuz? Ben sadece sevgilimi değil, en iyi dostumu da kaybettiğimin daha yeni yeni farkına varıyordum. Aşk ile gençleşmiştim, ayrılıkla olgunlaştığımı anladım...

Fakat en çok neden korkuyorum biliyor musunuz? Hande'yi tekrar üzmekten, aynı şeyleri ona yeniden yaşatmaktan, o üzülmesin yeniden, ben üzüleyim biraz daha. Acılarımın, kalbimin üzerine su döker söndürürüm ve geçer. Geçer değil mi? Geçmezse yine kandırırım kendimi, yeniden yalan yaşarım ta ki doğruyu unutana kadar, yapabilirim değil mi? Eğer düştüğümüz bu durumda feda edilecek biri olmalıysa varsın o ben olayım...

Hasret; evet sadece altı harf ve iki hece, ama her gece...

-14-

Hande ile ayrılığımızın üzerinden birkaç hafta geçmişti. Murat ile Nevin doğal olarak hâlâ ayrıydı ve biz Murat'la takılıyor, geceleri sürtüyorduk. Murat'ın sızlanmalarını dinlemekten de bıkmıştım artık. Bir sabah bizim erkek grubu aradı ve akşama erkek erkeğe toplanacağımızı söyledi. Rakı balık yaptığımız mekânda toplandık. Murat'la buluşup beraber girdik restorana, tüm grup toplanmış halde ayakta karşıladılar bizi ellerinde rakı kadehleriyle "Bekârlığa hoş geldiniz" diyerek. Emre kahkahalar atarak "Tilkinin dönüp dolaşacağı yer kürkçü dükkânıdır" dedi. Kaan hemen onu düzeltti "Çapkının dönüp dolaşacağı yer bizim yanımızdır" diyerek. Daha başından, gecenin dalga konusunun ben ve Murat olacağı belli oldu. Murat'ın yatak odasına kızı nasıl attığı hakkında saatlerce kahkahalar atarak konuşuldu. Ama sonunda Murat'ın aslında bir suçu olmadığı, tüm suçun alkolde ve sarhoşluğun verdiği geçici hafıza kaybında olduğu üzerinde hemfikir olundu.

Emre rakısını içerek, "Abi, ben hep demez miyim alkol tüm kötülüklerin anasıdır diye..." dedi.

Kaan her zaman olduğu gibi Emre'nin lafını tamamladı:

"Ama ana gibi yâr olmaz..."

Gecenin esprisi benden geldi. Murat'a dönüp, "Emin misin abi, yatak odana attığının kız olduğundan? Ne bileyim o kadar hafıza kaybı yaşarken özüne dönüp bir erkek götürmüş filan olmayasın?" dedim.

Tüm grup kahkahalar atarak bu durumu tartışmamız gerektiğini, şayet gerçekten bir kızsa Murat'ın bunu bize ispatlamasının şart olduğunu söyledik. Murat arada hüzünlenip bizi susturmaya çalışıyordu. Sonrasında ise düştüğü duruma kendisi de gülüyordu. Ne de olsa eski Yunanlıların dediği gibi: "Her şey trajediyle başlar, komedyayla biter."

Restorandan çıkıp evimiz gibi gördüğümüz bizim bara gittik. İçerisi her zamanki gibi doluydu. Bir masa ayarlayıp içmeye devam ettik. İçeride başka arkadaşlarımıza rastladık. Birer birer gelip Murat'a "Geçmiş olsun" veya "Aramıza hoş geldin" yani taziye ve tebrik mesajlarını iletiyorlardı. Laf ne çabuk yayılmış, Emre ve Kaan sağ olsun.

Murat yine sarhoş olmuştu, bana döndü:

"Çok özlüyorum Nevin'i. Ne yapacağım ben abi ya? O kadar yalvardım, mesajlar attım, kapısına dayandım, araya herkesi soktum ama konuşmuyor bile benimle. Seviyorum abi, dayanamıyorum."

"Dur oğlum, sakin ol. Her şey yoluna girer elbet. Hem bana ne soruyorsun, senden farkım mı var? Baksana benim halime, Hande'yle ilişkimi piç etmeyi başarmış bir adamım. Gerçi adam denirse bize."

Daha lafımı bitirmeden Murat'ın gözlerinin barda duran kızlara kaydığını fark ettim. Murat'ın tekrar neşesi yerine gelir gibiydi.

"Neyse abi, siktir et şimdi bu konuları, şu arkandaki kızlara bak. Yıkılıyorlar. Şimdi hatırladım, bu kızla ben geçen sene tanışmıştım. Sen de vardın yanımda hatta. Adı neydi?"

"Ne bileyim oğlum ben, tanıştığın kızların çetelesini mi tutuyorum?"

Lafımı bitirir bitirmez Murat ayağa fırladı ve kızların yanına gitti, arkadaşımı yalnız bırakır mıyım, sırf onun hatırına (yerseniz) ben de yanına gittim. Biraz sohbet sonrası bizimki kıza ucuz çapkın klişeleri söylemeye başladı:

"Seni arayıp görüşmek istemiştim ama telefonunu almamışım salak gibi. Şimdi kaydedeyim, bir akşam beraber dışarı çıkarız."

"Olur mu canım? Ben sana telefonumu vermiştim, ayrıca kaydettiğini de çok net hatırlıyorum."

"Hayır, sen beni başkasıyla karıştırıyorsun galiba. Kesinlikle telefonun bende yok."

Kızcağız telefonunu çıkardı ve bizimkine, "Bak, senin telefonun bende var. Belki de sen kaydetmedin, seni arıyorum, çıkan numarayı kaydet" dedi.

Bu arada Murat da kızın numarasını kaydetmediğini göstermek için telefonunu cebinden çıkarıp kıza ve bana doğru çeviriyor. Kız bizim salağın telefonunu arıyor. Murat'ın telefonunda kızla benim gördüğümüz ekran görüntüsünü unutamam:

Gelen Çağrı: *Orospu Ayfer*

Geri zekâlı Murat hatırlamak için kızı "Orospu Ayfer" diye kaydetmiş ama yine de unutmuş. *Böyle şeylere dikkat etmek lazım.*

***

Yine İstanbul geceleri benden sorulur havalarında gezdiğim gecelerden birinde, evime o gece tanıştığım bir kızla geldim. İçeri girer girmez birer duble viski hazırlayıp müziği açtım.

Senden kaçmayı, senden gitmeyi o kadar istiyorum ki Hande, ilk defa bunu yapabileceğimi hissettim. Yanımdaki kızın dudaklarında evet olur diye inandırdım. Seyyar gönüllerden yine medet umdum. Seni unutmayı bu kadar isteyen ben, ne yaptım biliyor musun? Utandım kendimden. O kadar ayıp geldi ki unutmayı düşünmek. Tek hedefim buyken ve tam da bunu gerçekleştirmek üzereyken inan çok utandım kendimden. Adamlık böyle bir şey değil. Yaşadığının, yaşanmışlığının, onun, kadının arkasında durabilmek, sonuna kadar sahip çıkabilmek. Sinen kokuları başka tenlerde değil; kendinle, kendi içinde yok edebilmek.

O an anladım yanlışımı, eksik oluşumu, niyelerimi, yarımlığımı. O an hissettim erkek ve adam olmanın arasındaki ince çizgiyi. Ve o an kokunu başka kokularla yok etmek istemediğimi fark ettim. Kaçmak istedim onsuz bomboş, yalnız gelen evimden. Başka bir şehre hatta başka bir ülkeye gitmek geldi içimden.

Onsuz zor geldi her şey, onunla olmayı özledim. Ama

onunla ben gerçekten ben olur muyum diye tekrar düşündüm. Ayrılıyorsun sonra deli gibi özlüyorsun, canın acayip yanıyor, bu acıyı bastırmak için unutmak istiyorsun, unutmayı düşünüyorsun ve işte tam da burada en zoru başlıyor; unutmak çok ama çok ayıp geliyor.

Unutsam Hande uçup gider mi? Ona dönersem tekrar gider miyim? Ben senden gitmeyi değil sende kalmayı öğrenmek istiyorum. Aslında aşk en büyük özgürlükmüş ama ne yazık ki bunun farkına biraz geç vardım.

Tüm bunlar içimde, beynimde dönerken çaresiz bir şekilde yanımda olduğunu unuttuğum kıza baktım. Gözlerini dikmiş anlamaya çalışıyordu beni. Ne olduğundan bihaber sevgiyle, tutkuyla gözlerime bakan o çaresiz gözlerine bakıp, "Aslında biraz yorgunum bu gece, sana bir taksi çağırayım mı?" dedim.

Yalan söylemedim, gerçekten yorgunum sensizlikten Hande...

Kızı kibarca yolladıktan sonra; çalan şarkının mı, yoksa içkinin mi etkisiyle bilmiyorum, içimden yazmak geçti. Hande'yle ayrıldığımızdan beri, yani üç haftadır elime kalem almamıştım. Kalemi aldığımda ellerimin bağımsız davranıp Hande'yi yazacağından çekiniyordum belki de. Her zaman kullandığım not defterimi açıp son sayfayı çevirdiğimde şok oldum. Hemen tanıdım elyazısını. Karakteri gibi güçlü ve güzel elyazısıyla Hande'ydi bu notu yazan.

Önce ne yazdığını okumak istemedim. Viskimden bir yudum içerek defteri kapattım. Kendimi daha da kötü hissettim, Hande'yi üzen ben, tanımadığım kızı üzen ben, kendimi üzen yine ben...

Notu okumaya başladım:

Yaşadığım gerçek, yaşadığın gerçek. Gözlerini kapattın, kulaklarını tıkadın ve kaçtın benden, bizden.

Artık ben yokum hayatında. Hadi kutlayalım bunu.

Uyandığında yatağın sağ tarafında seni sıkıştıran, üstüne bacağını atan, yatağın büyük kısmını kaplayan yok artık ama emin ol kokum üzerinde.

Ben sana ne anlatsam, ne söylesem boş. Varlığımı yarım da olsa yaşadın, yokluğumu tam olarak yaşayacaksın. Özgürsün, artık bensizsin sevgilim...

İtiraf etmeliyim ki ben sensiz eksik kalacağım, diğer yanım yok. Seninle böyle güzelken, artık mesafelere, başka duygulara teslim oluyoruz...

En güzel yanım, canımın içi, aklımdan çıkmayanım, özlediğim, en iyi dostum, sırdaşım, olmazsa olmazım... Böyle kalalım, bizi hep böyle hatırlayalım bize dair kötü bir his olmadan.

Kırmadan, kırılmadan gidiyorum... İçimiz bir bütünken, biz en çok hak edenken, aşkımızı çirkinleştirmeden gidiyorum.

Korkularından, kaçışlarından, bahanelerinden yoruldum artık. Ben sorgulamazken, senin geçmişini kabul etmişken olduğun gibi, sen de affet ve özgür bırak artık kendini. Özgürlüğünle seni baş başa bırakıyorum. Benim içim seninle doluyken yazmamak olmaz, söylememek ayıp. Hep söyledim sana; sen benim sol yanım, ben senin sağ yanın, gülüşüm gülüşün olduğundan beri... Hep mutlu ol...

Yavrun

Hande'nin notunu zorlanarak okudum, içimden bir parça koptu sanki. Öylece kalakaldım, bilinçsizce, sayfayı, yazdıklarını okşadım, kâğıdı kokladım belki onun kokusunu yeniden duyarım diye ama soğuk mürekkep kokusu ve kâğıt kokusu vardı sadece. Gözlerim doldu, ne kadar tutmaya çalışsam da bir damla düştü sayfaya. Kâğıdın o damlayı emişini seyrettim, mürekkebin dağılışını... Ben de dağıldım o mürekkep gibi, karıştım. Çaresiz hissettim kendimi ve çok yalnız... Ayrıldığımız gün, evi ve beni terk etmeden hemen önce yazmıştı notu, bundan emindim. Gözümde canlandırdım o anı, gözlerinde yaşlarla yazışını hayal ettim. Kendimden utandım, hem de çok... *Gözyaşlarını öpseydim keşke...*

Onu aramak geçti içimden, sesini duymak istedim. Onunla konuşmak, sarılmak, sıkı sıkı sarmak istiyordum. Yapmadım, yapamadım. *Korkağım ben...*

Önümde duran kurşunkalemlerim bile dalga geçti benimle. Eskiden kızardım, saçını toplamak için kalemlerimi kullanıyorsun diye. Senin yüzünden kalemsiz kalırdım. Şimdi onlar öylece durduğu için gözüme batıyor.

Kızıyorum kalemlerime, sövüyorum kendime. *Elime aldığım kalemim, içimi döktüğüm defterimdin sen benim…*

Beynimden binlerce kelime geçiyor. Hiçbirinin kuyruğu birbirine değmiyor ya da hepsi iç içe geçmiş. Zihnim kelimelere yetişemiyor. Yazsam ellerim yetişir mi beynime? Ben yetişebilir miyim elime? Ben sana yetişememişken, seni tutamamışken, kalemi tutsam ne yazar? Bazen kalemim ellerin oluyor ve "Keşke..." diyorum. "Keşke kalemim ellerin olsa." Keşke yazmak yerine resim çizebilseydim. En azından seni ve beni yaratırdım o beyaz, temiz tuvalde. Ya da beste yapardım, duyardım belki o şarkıda sesini. Oysa şu an tek duyduğum zihnimdeki oynaşan, benimle oynayan anılarım.

Yoksa hasta mı oluyorum kokun gidiyor? Uzaklaştık mı sebepsiz? Ama ben hasta olmayı hiç kabul etmedim ki kendimi bildim bileli. Hasta değilim, az uyudum dedim hep. İyiyim dedim sadece yorgunum, kabul etmedim âcizliği, çaresizliği. Yine kabul etmiyorum kokunu hissedememeyi... Yok ya, ben gerçekten hasta oluyorum. Hastaysam üstümü ört değilsem ruhumu. Senin sesini duyar gibiyim. Kim bilir nerelerdesin ama sesin, bana verdiğin cevaplar zihnimde, aynı saatlerce bıkmadan süren sohbetlerimizdeki gibi.

Ve sanki bana cevap veriyorsun yine:

> *"Sen hasta olmuyorsun sadece bana daha az sarılıyorsun. Ben sana sarılınca geçer. Masal anlatır, saçlarını okşar uyuturum seni sabaha hiçbir şeyin kalmaz"*

diyorsun ve devam ediyorsun:

> *"Belki de gerçekten hastasın sen. Ama hiç dinlemiyorsun ki beni sevgilim. Uyurken hep üstünü açıyorsun. Ben örtsem de, ruhunu sarsam da üşütüyorsun işte. Ben bakarım sana, ilaç olur iyi gelirim. Sarılırız, iyi oluruz biz geçer."*

Tırnaklar içinde konuşuyorum yine seninle, ellerim sen gibi yazıyor, beynim seninle konuşur gibi düşünüyor. Ben hayal mi kuruyorum? Sen yanımda yokken bile yanımda mısın hâlâ? Hep sağımda, yanımda, karşımda, kucağımda, koynumda...

Hatırlar mısın söylenirdim mutfakta sana yemek pişirirken "Ayağımın altında dolanma" diyerek. Derdin ki bana: "Ayrılamıyorum senden burada bile." Ayrılma güzelim, canım, hayatım, her şeyim, ayrılma... Ait olduğun yerde kal, koynumda, sağ yanımda, canımda, kanımda...

> *"Senden bir adım öteye gidemem ben. Kokundan ayrı, bakışından uzak duramam ki. Sen bana yemek yaparken ben de tabakları hazırlıyorum ya yanındayım işte bahanem var.*
>
> *Yanındayım ama ellerim sana değmeden rahat edemiyor.*
>
> *Bazen arkanda, sağında, solunda, bazen önünde ama her zaman yanındayım, en içindeyim, sendeyim, seninim..."*

dediğini duyuyorum. Ve ben çok korkuyorum, sen uzaktayken kulağıma bunları fısıldamamandan, yakınımdayken duyamamaktan. Sen varken yok olmaktan, yokken var olamamaktan. Aşktan, ayrılıktan, benden, senden... Geçmişten, gelecekten, kazanmaktan, kaybetmekten korkuyorum güzelim. Kokunu duyamamaktan, sesini işitememekten, ellerini tutamamaktan, saçlarını okşayamamaktan, dudaklarını öpememekten korkuyorum. En çok da neden korkuyorum biliyor musun? Seninle olmaktan ve sensiz olmaktan...

Böyle endişelendiğimde demiştin ki:

> *"Korkma sevgilim. Korkma ki biz olalım. Bizi yaşayıp yaşatabilelim. Ne ben sensiz bir bütünüm ne de sen bensiz eksiksiz. Biz birbirini bulanlardanız ve ben buna sevgim yettiğince sahip çıkacağım. Sen yeter ki korkma ve ellerimi bırakma sevdiğim. Ya da şöyle yapalım; her korktuğunda gözlerimin en içine bak, gör kendini. Hisset nasıl sevildiğini ve sevdiğini. Sadece hayal et ve bizi yaşa..."*

Her gözlerine baktığımda yeni bir şey buluyorum ve her sana baktığımda ölüp yeniden doğuyorum ben. Sen bana "Sana şans getiririm ben" derdin, ben de "İlhamımsın" diye düzeltirdim. İkimiz de doğru ve yanlış söylüyoruz. Zaten aşk; tüm yaratıcı dürtülerin, ilhamın en önemli sebebi değil midir? Biz ikimizin tek olduğuyuz. Aynı sevişmelerimiz gibi, beynimiz de sevişiyor bizim ve farkındalık doğuyor.

"Bu arada ben de çok korkuyorum sevgilim. Nelerden mi?

Ben de bir sabah gözlerini görememekten, sana sarılamamaktan, kokunu hissedememekten korkuyorum, ödüm kopuyor sensizlikten. O yüzden şimdi bir daha bak bana, gözlerimin içine, sana nasıl gülümsediğimi gör. Biz olmaktan nasıl mutluyum farkında mısın? Salonun ortasında dans ederken dünyalar benim. Sevişirken bambaşka, hele ki beyinlerimiz sevişirken, tıpkı şu an olduğu gibi. Biz bambaşkayız. Birbirimize şans, hayatlarımıza ilhamız..."

Ya ben şizofrenim ya da sen yanımdasın. Yanımdaysan yatalım, saçlarımı okşa. Değilsen gel artık yanıma...

"Hadi yatalım sevgilim, sarılıp yeni güne aşkla uyanmalıyız.

Sevişip kavuşmamız gereken duygularımız var. Hadi yatağa, daha saçlarını okşayıp bizim masalımızı anlatacağım."

Bazen de ona kızıyordum hakkım olmayarak. İçimden onunla konuşuyordum, onunla konuşup ona isyan ediyordum. Gitmeyip kalsaydın, dayansaydın. Tüm suç bendeyken, sen sen olsaydın, tüm aşkınla, kadınlığınla ve benim oluşunla sahip çıkabilseydin bize. Benim kolaya kaçışıma, zayıflığıma kanmasaydın, mücadele etseydin, bizi, beni yalnız bırakmasaydın. Sen sen olsaydın, olduğun gibi, arkanda bırakmayıp, yanında tutsaydın.

Evet biliyorum, tüm bunları söylemeye hakkım yok, ben yaptım, ben kaşındım. Sen de doğru olanı yapıp kaşıdın. Ama keşke yapmasaydın yavrum. Sen sen olsaydın, yavrum kalsaydın...

> *"Sen bırakma ellerimi sahip çık yavruna, aşkına, kadınına.*
>
> *Ben hiçbir zaman bırakmam, kaçmam, vazgeçmem ne senden ne de bizden. Ben seninle kadın oldum. Seninle büyüdüm, seninle öğrendim aşkı..."*

demiştin ama yine de bırakıp gittin bizi...

Deli bir hüzün çöküyor yalnız kalınca, el ayak çekilince. Sensizliğe alışamadım, alışmak istemiyorum. Ev alışamadı sensizliğe, ben hiç alışamadım. İşin en garip tarafı alışmaya çalıştığımda canım acıyor, "Yapma!" diyor. "Acını çeksene..." diyor, kafa tutuyor. Gece olunca gölgeler bile benimle oynamaya başlayınca, seni duyuyorum her çıtırtıda, her karanlıkta. Müzik açıyorum o sesleri kapatıp uyuyabilmek için, gözlerimi kapatıyorum o gölgeleri görmemek için. İyileşirim zamanla biliyorum. Tedavi olmak istemiyorum senin bulaştırdığın aşk virüsünden. Aslında o virüsler beni ben yapan, adam haline sokan. Ben mutluyum içimde, ruhumda taşıdığım o virüsle. O virüs besliyor beni, yaşatıyor. Git zaman! Uzak dur benden, unutturma, ben onunla mutluyum. İyileştirdiğin yerde kötüleşirim ben. Beni bırak benimle. Sadece bizimle ve onunla. İyileştirme beni, daha da kötüleştirme...

Gerçeğim senken, sahtem kim? Çözebilir miyiz bunu?

Hissedip de söyleyemediğim çok şey var Hande, sen duyabiliyor musun tüm bu sessizliğimi?

Sen yanımda değilsin ama kimler kimin yanında bir bak. Biz birbirimizin yanındayız uzaktayken bile, ayrıyken bile. Ama lütfen benim yaptığımı yapma, unutmaya çalışma kokumu başka kokularda.

Yazmak yerine seni aramak geçiyor içimden çoğu zaman. Elim gidiyor telefonuma, itiraf ediyorum ezbere bilmiyorum ama birinci sırada kayıtlı numaran. Bakıyorum öylece ismine, parmağım basacak şekilde ama basamıyorum. Bassam ve telefonun çalsa, o saniyeler gibi süren ama saatler gibi gelen pişmanlıkla karışmış heyecan ve bekleyiş uzaklaştırır mı beni senden? Bilerek mi bekletirsin yoksa beklemediğin için mi? Yoksa duymaz mısın, artık beklemez misin ya da çık hayatımdan deyip cevap vermez misin aramama? Ne yapsan sorgularım olacak. Bunu yaşayacak cesaretim yok ki benim. Çok cesur geçiniyorum ama çok korkağım seninle. Belki de ilk çalışında açarsın telefonumu? Konuşmama bile fırsat vermeden "Çok özledim" dersin. Der misin gerçekten? Sen dünyanın diğer ucunda olsan da gelirim sana "Neredesin yavrum?" diyerek.

Arayamıyorum, cesaret edemiyorum, tanıdığım herkese "Hande'ye âşığım" derken bunu sana söyleyemiyorum. Arasam ne diyeceğimi bile bilmiyorum. Kelimeler en başarılı oldukları zamanlarda bile en âciz kalan harflerdir kimi zaman. Dil yetişemez gönüle, gözler sözlerin önüne düşer işte o anlarda...

Ben seni hak etmiyorum gibi görünebilirim. Ama sana en yakışan saç, makyaj, en güzel bakış, en güzel gülüş benim. Ben belki gösteremedim sana tüm duygularımı ama o da benim defektim. Sen yanımda, sağ yanımda ol ve sen hep ol... Sensiz sağım solum şaşıyor benim bazen. Benim pusulam ol. Ters kalbim bile seninle düzeliyor gibi...

Seninle yanlışlarım da doğru bazen. Yanlışlarımı doğru yapmanı, hatalarımı çizmeden düzeltmeni, hatta onları bile sevmeni özledim. Beni ben olarak kabul etmeni, eksikliklerimi sevmeni özledim. Ben seni özledim kadınım, dişim, yavrum, benim dünüm, bugünüm, yarınım, ilkim ve sonum...

Tüm bunları yine seninle konuştum içimden, hatta bağırdım ama sana söyleyemedim. Bakışlarımdan, sessizliğimden, anlatamadıklarımdan anla dedim. Anladın mı? Duydun mu? Hissettin mi? Yoksa yine sessiz, ıssız, boş çığlıklar mı attım sana? Yaktım mı yine duygularımı, yine uzayda mı bağırdım duyulamayan yerlerde ve yine kendi kendime mi konuşuyorum ben? Ve sen beni duymayışınla benden uzaklaşıyor musun? Ben seni yanıma çekmeye çalışırken, kaçırıyor muyum bu duruşumla? Aslında tüm bunları içimde yaşarken dışımda kaçıyor muyum senden? Niye duymuyorsun, niye ben duyurmuyorum, neden kaçak ilişkiler yaşıyorum, niye kaçıyorum? Kendimden mi? Seni üzmekten mi? Olmamışlığımı olduramıyor muyum? Çok mu soru sordum? Cevapları sadece bende belki ama seninle konuşarak çözemez miyiz? Yüzeyselliğimin altında yatan yükseltimi keşke görsen, o sihirli ellerin, o bana ait ojeli parmakların ve pürüzsüz teninle bana değsen. Onlar senin sihirli değneğin aslında bir bilsen ve desen ki bana "Abrakadabra! Uğraşma benimle ve kendinle; sen benimsin ben de senin, ben senin kadının sen de benim erkeğim. Sonsuza kadar sustur artık içsesini ve yaşa bizi, hissettiğin gibi."

Kendime sordum: "Sen sevdin mi gerçekten?" Bir kadını koklayıp başın döndü mü? Öptüğün dudağında adını koyamadığın bir meyve tadı hissettin mi hiç? Gözlerinde çocukluğunu, çocuğunu gördün mü? Teninde yandın mı sen bir kadının? Sen hiç boynuna dokunduğunda diken diken oldun mu? Seviyorum diye gezme sokaklarda o zaman. Sen hiç sıkı sıkı, içine alacak kadar sarıldın mı bir kadına? Sen hiç fısıldadın mı kulağına "Her şey çok güzel olacak..." diye ve o kadın rahatladı mı, sildi mi mi tüm endişelerini? Sen hiç sevdin mi gerçekten? O ojeli tırnaklarını, o makyajını senin için yaptığını hissettin mi? Hem sevgili, hem en iyi dost, hem de en iyi akıl hocası olabildin mi o kadına? Dişiliğini dışarı çıkarabildin mi her bakışında, dokunuşunda, öpüşünde, sevişmelerinde? Sana kendini bıraktı mı tüm ruhuyla, bedeniyle, aklıyla? Yüzünde anlamsız bir gülümseme belirdi mi onu her hatırladığında? Koynunda uyundun mu, huzurlu uyuttun mu bir kadını saçlarını okşayarak? Sen bir kadını sanki dünyada tek o varmış gibi dans ettirebildin mi, senin yanında olduğuna güvendirerek? Dünya bir yana o bir yana diye hiç hissettin mi? Kayboldun mu bir kadının kokusunda, ruhunda? Yeniden doğdun mu varlığında, kayboldun mu yokluğunda? Sordum kendime yine: "Sen bir kadına âşık oldun mu hiç?"

Aynı şehirdeyiz; ben varım, sen varsın ama biz yokuz ve yine sen koktun İstanbul gibi... O nergis kokan parfümünle, kimi zaman o gittiğimiz ocakbaşında üstüne sinen dumanla, bazen balık ekmek, ya da sigara kokunla, ama hep aynı kalan ne biliyor musun? Üstüme sinen sen kokusu. Nerede olursak olalım hep sen kokuyorsun. Kimi zaman yaramaz küçük bir kız, kimi zaman şehvetli bir kadın, bazen de şefkatli bir anne, hırslı bir işkadını... Sen aşk kokuyorsun yavrum. İstanbul'la karışıyor kokun ve benim kokladığım tek sen, tek hissettiğim aşk...

***

Hande'nin yokluğu beni her geçen gün daha çok yoruyordu. Tüm bu iç hesaplaşmalarımdan, içseslerimden uzaklaşmak istiyordum.

Dertleşmek ve kafamı dağıtmak için bir öğlen Murat'la buluştuk. Sakin bir şekilde yemeğimizi yiyip akşam için program yaparken Murat'ın telefonu çaldı. Kimin aradığına bakan Murat neredeyse elinden su bardağını düşürüyordu. Panik halinde ayağa kalktı. Neredeyse ceketinin düğmesini ilikleyecek. Merak içinde sordum.

"Kim oğlum arayan?"

"Abi inanamıyorum, Nevin arıyor."

"Nasıl yani? Açsana çabuk telefonunu."

Murat elindeki suyun yarısını üzerine dökerek bardağı bıraktı ve telefonu açtı.

"Alo, aşkım. Nasılsın? Tabii ki aşkitom, tamam bir tanem hemen geliyorum."

Tüm konuşmaları birkaç saniye sürdü. Telefonu kapatır kapatmaz Murat toparlanmaya başladı.

"Abi, inanamıyorum. Nevin benimle buluşmak istiyor. Hem de hemen şimdi. Bebek Otel'in barında bekliyor beni, hemen çıkmam lazım." Ve fırladı.

Arkasından seslendim:

"İlk fırsatta ara beni. Çok merak ettim ne diyecek?"

Murat gidince kendimi tek başıma kalmış gibi hissettim koskoca restoranda. İtiraf ediyorum kıskandım biraz Murat'ı. İyi veya kötü bir haber de olsa en azından sevdiği kadının sesini duymuştu. Hande yeter ki beni arasın; isterse bağırıp çağırıp küfretsin ama yeter ki arasın istedim. En azından orada olduğunu bilirdim. Telefonuma baktım, mesajlarımı kontrol ettim yine. Bunu bu aralar çok sık yapıyorum; bilinçsizce Hande aramış mı, mesaj atmış mı diye telefonumun soğuk ekranına bakıyorum, hiçbir şey gelmeyeceğini bilerek. Kızgınlık çok gürültülü oysa kırgınlık ne kadar sessiz...

Birkaç saat sonra Murat'tan merakla beklediğim telefon geldi. Heyecanla açtım. Ya Nevin boşanma sözleşmesiyle karşılamıştır ya da barışma yolundadırlar diye düşünüyordum ama birinci seçenek daha ağır basıyor.

Murat telefonu açar açmaz her zamanki heyecanından çok daha fazlasıyla, "Abi inanamayacaksın..." dedi. Sesi o kadar coşkuluydu ki, boşanma sözleşmesiyle karşılaşmadığını hemen anladım.

"Başlayacağım senin *inanamayacaksın* repliğine, anlat oğlum ne oldu? Nevin ne dedi?"

"Hala oluyorsun abi, hala..."

Bir an için neden bahsettiğini anlayamadım.

"İçtin mi oğlum sen? Ne saçmalıyorsun? Ne halası?"

"Yok abi, anlatamadım. Karşında bir baba adayı var.

Dolayısıyla sen de hala oluyorsun, pardon ya, amca oluyorsun."

Murat ve Nevin'i doğacak bebekleri barıştırdı. Doğal olarak Nevin'in şartları vardı. Artık kendini kaybedecek kadar içki içmesi yasaklandı, erkek erkeğe sokağa çıkmasına limitler getirildi. Nevin olağanüstü hal içindeki evliliklerine darbe yaptı ve sıkıyönetim ilan etti. Ne içersen, onu biçersin...

***

Ertesi gün iş çıkışı Murat'la Nişantaşı'nda buluştuk. Onun baba, benim de amca oluşumuzu kutladık. Ben bloddy mary içerken, Murat'ın virgin mary (alkolsüz) içişini seyretmek güldürdü beni. Etme bulma dünyası...

Biz Brasserie'de oturmuş doğacak bebeğe isimler bulup, daha şimdiden tutacağı takımı bile belirlerken –tabii ki Fenerbahçeli olacak– uzun bir süredir görmediğimiz bir arkadaşımız yanımıza oturdu. İstanbul gece hayatının tanınmış işletmecilerinden biri olan arkadaşıma sordum:

"Oğlum nerelere kayboldun sen? Hiçbir yerde rastlamıyoruz artık sana? Gazeteye kayıp ilanı verecektik neredeyse."

Gözleri parlayarak konuşmaya başladı. Bana verdiği cevabı asla unutamam:

"Âşık oldum... Elimi ayağımı çektim gittim İstanbul'dan..."

Murat ve ben şok içindeyiz.

"Nasıl yani?"

"Ne nasıl? Âşık oldum diyorum size. Assos'a yerleştim. Karşınızda bir çiftçi duruyor. Zeytin ağaçlarım var artık ve de âşık olduğum sevgilim. Hiç olmadığım kadar mutluyum."

Mutlu olduğu gözlerinden, hatta suratından belliydi. Değişmişti, gözlerinin altındaki morluklar, yüzündeki şişkinlikler yok olmuş, en az on yaş genç gösteriyordu. Murat'ı evlilik ve o anda duyduğu müstakbel babalık için tebrik etti.

"En doğru hareketi yapmışsın abi, kalbinin sesini dinleyerek... Gece hayatı insanı içine çeken dipsiz bir kuyu. Belli bir süre sonra yutuyor seni, zamanında, doğru kişiyi bulduğunda kaçmayı bileceksin. Ayrıca; güzel bir kadın sevmekle, kadını güzel sevmek arasında çok güzel bir fark var..."

Sonra bana döndü:

"Eee, sen anlat bakalım, sende nasıl gidiyor hayat?"

Sorusuna içerledim, her ne kadar kötü bir şey kastetmediğini bilsem de soru alaycı gibi geldi. "Âşık oldum deliler gibi, sonra korktum, kaçtım" diyemedim, utandım. Geçiştirmeye çalıştım, ağzımdan saçma sapan laflar çıktı:

"İyi işte, ne olsun... Her zamanki gibi iş, güç, gezmece..."

Çok utandım kendimden. Arkadaşlarımın aldığı cesur kararlara, kalplerinin seslerini dinlemelerine imrendim.

Niye kaçıyorum kendimden? Neyin peşindeyim? Ne arıyorum bu hayatta? Al sana özgürlük, tepe tepe kullan...

Tüm keyfim kaçtı, "Bir kızla buluşacağım, geç kaldım" bahanesiyle masadan kalktım. Amaçsız bir şekilde Nişantaşı sokaklarında yürümeye başladım.

-15-

Hiçbir şey düşünmemeye çalışarak yürüdüm, yürüdüm... Ta ki o kokuyu duyana kadar...

Kokular ne garip, nasıl oynaşıyorlar bizimle bazen. Bir hatırayı ansızın, hiç beklemediğimiz bir anda nasıl uyandırabiliyorlar. Peki ya uyanan hatıralar, onlar da ufak bir dürtmeyle nasıl bugünmüş hatta şimdiymiş gibi kaçak film gösterebiliyorlar zihnimizde...

İşte sokak çiçekçisinin önünden geçtiğimde kendimi, zihnimin yarattığı o sinemada buldum. Oyuncu kadrosu sadece ben ve o. Koskoca sinemada tek başımaydım, yalnızdım aynı kalbim gibi.

Arsız bir nergis kokusu allak bullak etti tüm düşüncelerimi, benliğimi. Oradan, o kokudan, anılardan, kalbimin hızlı atmasından, nefesimin kesilmesinden kaçmak istedim. Zamansız ölümlere mahkûm ettiğimiz kimi anılar işte böyle hortluyor bazen. Zamansız duygu cinayetlerimiz, ilişki katliamlarımız, vadesi dolmadan ölen aşklarımız bağırıyor bize "Sen katilsin!" diye. Bunu kimi zaman kokularla canlandırdıkları anılarla sinsice zevk alarak yapabiliyorlar. Sonra da yüzleşmekten kaçtıklarımız, içimizin ta dibine gömmek istediğimiz tüm duyguları sertçe vurmaya devam ediyorlar "Sen hak ettin bunu!" diyerek...

İşte Nişantaşı'ndaki seyyar çiçekçinin önünden geçerken nergis kokusuyla böyle bağırdı bana "Aşk katilisin sen!" diye...

Adımlarımı hızlandırdım hatta aceleyle bir sigara yakmaya çalıştım. Çakmağımı çaktım, bir nefes çekip kokuyu bastırmak için. Olmadı, attım sigarayı elimden. Hiç yapmadığım bir şey yaptım, ne yaptığımın farkında bile olmadan. O masum nergis kokusu beni hipnotize etmiş gibiydi. Döndüm ve bir demet nergis aldım aceleyle.

En son ne zaman çiçek almıştım? Kime almıştım? En garibi, bu buketi kime aldım ki ben? Bu çiçekleri verecek hem hiç kimsem hem de çok kimsem vardı hayatımda...

Kalabalıklar içinde yalnızlık işte böyle bir şey. Yalnızlık içinde kalabalık olmak veya...

Hande kokuyor her yer. Onun hayali belirdi zihnimde, onunla yalnızken kalabalıktım, kalabalıktık biz...

Elimde Hande kokan nergisle yürüdüm amaçsızca, çaresizce...

Aşka çeyrek kala kaçarım derdim, şu an saat kaç? Yoksa yüreğim yelkovan, beynim akrep olmuş ve üst üste gelmiş durumda mı? Sensizlik tabela olmuş seni gösteriyor, kokular seni işaret ediyor. Anlamsız, amaçsız yürüyorum yollarda ve seni düşünüyorum. Hande sadece seni düşünüyorum; uyurken, uyanırken, dinlediğim her şarkıda, her gülüşümde, mutsuzluğumda. Aldığım her tatta, kokladığım kokularda seni duyuyorum, sana dokunuyor, seni kokluyorum. İçtiğim kadehlerde arıyorum seni, sen sanıyorum bazen gördüklerimi... Seni çok özlüyorum Hande.

Böyle yarım kalmaktan yoruldum. Hangi yöne gideceğimi bilmeden yürümek istemiyorum bu yollarda. Ayrıyken diğer yarımın eksikliğini hissettim. İlk cildi kaybolmuş iki ciltlik bir kitap gibi kaldım. Aşk bu herhalde yokluğunda eksik ve kaybolmuşluk.

İtiraf ediyorum; senden öncemi, seni tanımadan, koklamadan, dokunmadan önceki beni de özlüyorum. Umursamaz halimi, dünya benimmiş gibi hissetmeyi, özgürlüğümü özlüyorum. Kendi kurduğum egemen, bağımsız cumhuriyetimi özlüyorum. Şu an ne sen varsın ne de senden önceki ben. Her ikisini de kaybettim. Dağıldım, yarım kaldım. Alışık değilim aralarda kalmaya. Nefesim kesiliyor, ben ben olamıyorum. Doğru ya da yanlış, güzel veya çirkin bir karar vermem lazım artık. Ne olursa olsun arkasında duracağım bir son karar...

Düşüncelerimin içinde kaybolmuşken, tam o anda önümde yürüyen yaşlı çifte çarptı gözlerim. El ele yürüyorlardı huzur içinde... Sonra yanımdan oldukça çekici bir kadın geçti mini eteği ve topuklularıyla. Hem yaşlı mutlu çifte baktım, hem de çekici kadına. Elimdeki nergisi tekrar kokladım cesaret verdi bana, yüzüme çarpan rüzgâr uyandırdı uykumdan. Yarım kalmayacak, yarım yaşamayacaktım. Ne yapacağıma işte o an karar verdim ve içimde yaşayan özgür kurdu ve evcil köpeği barıştırdım. Pişmanlığım yok, geri dönüşüm yok bu çıkacağım yolda. Yönümü buldum, hangi sokağa sapacağımı biliyorum artık.

O anda telefonuma bir mesaj geldi. Eski bir sevgilim atmış:

Seni çok özledim, bana gelir misin bu akşam?

Elimdeki bukete baktım, sıkıca kavradım onu. Mesajı tekrar okudum. Yüzümde kocaman bir gülümseme belirdi. Buldum kendimi, eminim artık...

Kararlı adımlarla yürümeye başladım.

Peki ya sonra?

Kalp bitti demeden bitmez...